L O C U S

LOCUS

LOCUS

LOCUS

catch

catch your eyes；catch your heart；catch your mind……

catch083　恨昇歌——昇迷歲月　黃婷 著　責任編輯：韓秀玫　美術編輯：N2D工作室
法律顧問：全理法律事務所董安丹律師　出版者：大塊文化出版股份有限公司
台北市105南京東路四段25號11樓　讀者服務專線：080-006689　TEL：(02) 87123898
FAX：(02) 87123897　郵撥帳號：18955675　戶名：大塊文化出版股份有限公司
e-mail:locus@ locuspublishing.com　www.locuspublishing.com
行政院新聞局局版北市業字第706號　總經銷：大和書報圖書股份有限公司
地址：台北縣五股工業區五工五路2號　TEL：(02) 89902588　FAX：(02) 22901658
初版一刷：2005年3月　定價：新台幣250元　ISBN 986-7600-93-2　Printed in Taiwan

In the Name of Bobby Chen

恨昇歌

—— 昇迷歲月

黃婷 著

開場文 Beginning article

人物特寫 Character feature article

目錄
MENU

瘋狂歲月
Crazy

關於歌 About

演唱會片段 Sings the

目錄 MENU

結尾文 Ending article

附錄 Appendix

Chapter 01

開場文

變態的青春

開場文—變態的青春

「十二歲就開始聽陳昇的人，是變態！」某次跟一個朋友聊天，她聽完我的故事之後，斜著眼，嘴角微揚，斷然下此結論。

我可能真的是有點變態，因為我竟然不想否認，只對著她說「哈哈，對啊」，然後傻笑了兩聲。

變態就變態。想那陳昇第一張專輯的封面，不就大刺刺地寫了幾個字……

如果你覺得我有一點怪，那是因爲我太眞實。

這個邏輯其實不太通，難道說，所有正常的、不怪的事物都不真實？不過在那個循規蹈矩的年代裡，這話還真的給了我一些變態的人生啟發，那就是：我要做一個真實的人，所以我應該不顧世俗眼光去達成所謂的真實，如果變得很怪，那就成功了。

後來我就真的變得有一點怪了。明知道要拍「模範生」照片的那天我竟穿了條短褲，頭髮隨便綁一綁，就到鏡頭前跟一群別班制服燙得筆挺的模範生排排站；因為讀多了歷史故事，小小年紀便一個人帶著一台玩具收音機跑到蓮池潭去釣魚，還把釣竿離水三尺，等「願者上鉤」（當然從來沒有願者上我的鉤）；炎熱的七月天午後，放著好好的公車不坐，偏要跨

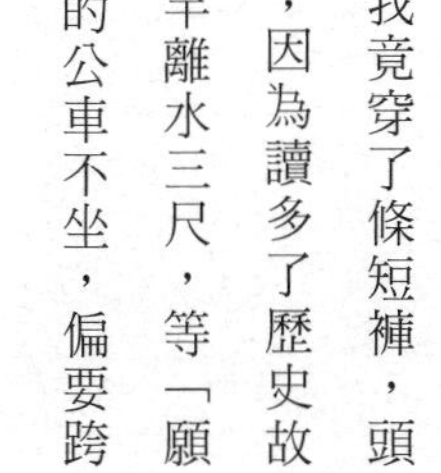

如果你覺得我有一點怪，
那是因為我太真實。

上腳踏車戴上隨身聽，騎二十公里路到機場去給朋友送行；每天搭公車上下學時，戴上卡式隨身聽的耳機，就旁若無人地坐在窗邊唱歌，自得其樂；國一那年看完金庸小說很感動，從此愛上了蒙古和黃藥師，於是決定去學騎馬、射箭和種桃花。

我總是自由自在、隨興所至，心無掛礙地做我想做的事，不管別人怎麼看我，就算被當成變態也無所謂。後來我把這一切行為都歸咎於陳昇，誰教他的音樂老是提醒我要真實地面對自己，誰教我十四歲的時候就聽他唱：「我喜歡私奔和我自己」。

年紀稍長，有一次在電視上看到陳昇說：「我的歌是會讓人痛苦的。所以我不希望小孩子聽我的歌。他們應該要快樂一點。」當時心裡就覺得很幹，為什麼我這麼悲情，小學就開始聽陳昇那些痛苦的歌，搞不好已經因此而失去了不少童年的歡樂。

不過後來想想，其實也沒有真的很痛苦，或許反而還是音樂幫助我化解了青春期莫名所以的痛苦，那一路走來倒還挺多歡樂的。我總是樂於沉醉在一種想像出來的寂寞中，以陳昇的文字揣測關於未知世界的真理。從小學、中學到大學，整個青春歲月都沉浸在陳昇的音樂裡，不厭其煩地問自己是誰，每天晃來晃去，只為了證明他的音樂。

什麼樣的年紀有什麼樣的煩惱，陳昇只是提早教會我這件事，但路還是要自己走的，而他的音樂總在絕望時給我一點光明的指引。

那種感覺很詭異，在很長一段時間裡，不管在生命中面對多少紛擾，只要耳邊響起陳昇粗獷的嗓音，我的心就像大船入港那樣，安定了。

我想這已經不是單純的偶像崇拜的問題了。每個人都能在人生中找到自己的信仰，

1990.00.00
陳昇・貪婪之歌

可能是一句話、一本書、一部電影、一首歌、一塊土地、一種宗教，或一個人物形象。信仰給人力量，而徬徨無助的青春尤其需要力量。

許是因為有了對這樣一種音樂、一種朋友、一種生活方式的信仰，大學那幾年的生活相當過癮。跟大部分大學生一樣，我努力在學業跟課外活動中取得平衡，當然，學業永遠比課外活動少那麼一點時間。對於台大較鮮明的印象，就是舊學生活動中心那幾間用作社團辦公室的窄小房間、每天中午在共同大樓跟社團朋友一起吃便當、週六下午在壘球場上頂著烈日練球、有時蹺課在椰林大道上騎腳踏車、無數個晨昏躲在計算中心狂玩BBS、吃飯時間喜歡在女九舍的自助餐門口排好長的隊……

關於那些外文系課堂裡的事，反而都沒什麼深刻記憶了。腦海裡存著的都是陳昇的歌給我的故事。當然還沒忘教授對我們的英文能力的耳提面命，莎士比亞和海明威是我的最愛，一次又一次跟同學在視聽中心排練英文話劇，擔任班上舞台劇的舞監也是我大學時代最難忘的挑戰；然而大部分關於二十出頭時的青春的感動，好像還是發生在一場又一場的演唱會上，那些年墾丁海灘上亮晃晃的夏天，昇迷朋友間為彼此兩肋插刀的義氣，以及被人罵這樣瘋狂聽陳昇實在很「變態」時，那種在心中升起的、莫名所以的驕傲。

我想我是幸運的。不僅是因為在茫然的青春裡，從陳昇的音樂中找到了信仰，更因為在

變態驕傲

1991.00.00

陳昇・私奔

那信仰的基礎上，遇見了許多好朋友。即使後來，慢慢我們都不再為了一首歌的意義在網路上爭論整夜，不再為了一場陳昇演唱會的喇叭優劣爭得面紅耳赤，但我們都還是那麼地關注彼此的人生。我知道，有一天陳昇也許不再站在舞台上唱歌，可這些朋友，卻是一輩子的。

最近跟同年好友Seablue很愛說的一句話是：「我決定要趕快抓住青春的尾巴。」她開始瘋狂健身以及追尋愛情，弄得我也焦慮起來，開始思考我的青春是不是也只剩下了尾巴。有個晚上跟老朋友到PUB聽陳昇的演唱會，熟悉的歌手、熟悉的場景，卻已是不再熟悉的心情。奇怪那些年到底是用多大的熱情追逐著那種感動，現在即使喝再多的酒我也什麼都想不起來了。

大學畢業已經又過了幾年，終於得承認不再能放縱自己任意去「和自己私奔」，工作後，面臨正式場合開始注意要裝扮，去PUB看場演唱會總想找人陪，搭捷運也只敢用耳機小聲地聽著隨身聽，卻再也不好意思唱出聲。我變態的青春已經像流星悄悄地劃過了天際，墜落在宇宙裡一個不知名的角落。

可我想我還是要抓住那青春的尾巴，努力地記下這些，記下一個歌者和他的音樂為我的人生啟發了那麼多，也記下我那些狗屁倒灶的昇迷朋友。有他們陪我走過一段瘋狂的追星路，建立那樣的革命情感，我的青春裡那些變態故事也才有了那麼多記憶可供說嘴。我想我這無可救藥的樂觀都是這樣造成的，他們個個都比我高，在不同的領域上都挺罩得住；身邊有這些朋友在，老讓我以為天塌下來總是有人頂。

還真他媽沒什麼好怕的。

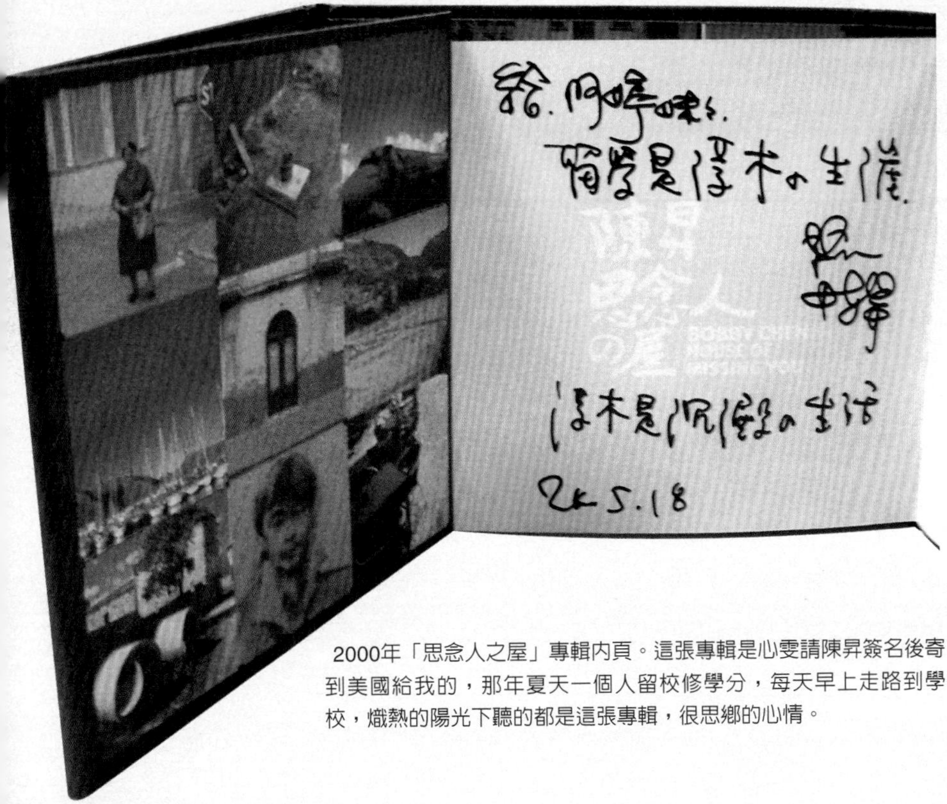

2000年「思念人之屋」專輯內頁。這張專輯是心雯請陳昇簽名後寄到美國給我的，那年夏天一個人留校修學分，每天早上走路到學校，熾熱的陽光下聽的都是這張專輯，很思鄉的心情。

特別來賓

楊騰佑

專業吉他手、陳昇跨年演唱會前舞台總監

【時間跟思緒總是一條長長的線，在你不經意的身旁】

那年，她是觀眾。

我們是舞者。

我們在舞台上燃燒著，她用她敏銳的眼珠，記錄著我們在豆芽菜苗上飛舞的腎上腺素與她解構青春無垠追夢的脈衝。

我們或許只是她畫布中那些艷彩的顏料……

多年以後，我是觀眾。

而她是舞者。

舞在朋友內心世界的罣戀中，舞在椰林大道的瀟灑，舞在上山下海演唱會的幕後花絮；舞在Bob Dylan的鄉村故居，舞在紐約的中央車站。

你永遠不懂得孩子的瞳孔裡想的是什麼？

直到有一天，你是孩子……

舞者永遠不知道觀眾瞳孔裡看到的是什麼？

直到他自己走下舞台……

黃婷要我寫序，我滿口答應，以為是件簡單的差事。區區幾百字的序，能有多困難呢？

楊騰佑

等我認真地看完了這本書，開始著手動筆，我發覺我後悔了！

驚訝黃婷筆下的那一群人是怎麼看待這樣的音樂律動，又怎麼樣去隨著這些脈動而溶解在他們的生活中。

多年後，他們仍然追逐著始初素樸的心，而移動的舞台，卻早已物換星移。

就猛然發覺：角色互換後，我反而不知道該由什麼角度去切入，顯得有點手足無措了起來。

就像伊塔洛．卡爾維諾在〈觀眾回憶錄〉上所講的：電影正是強迫觀眾正視庸庸碌碌的自我，以期改變與自我的關係。

在黑暗的電影院裡，放大的瞳孔沉浸於鮮明影像的劇情中。

電影散場後，走出戲院，刺眼的陽光總讓你赤裸裸回到真真實實的自我。

這樣的序，不知夠不夠格換來黃婷的一句：「媽的！」

哈哈哈……

能將生命活成一本傳記，挺幸福的。

能將生命活成一個個故事，也挺快樂的。

每一個故事，都少不了演員、觀眾和劇情。

只是黃婷的這本書，劇情是隨興的，演員是隨興的，觀眾也是隨興的。

它的賞味期，是永遠的「待續」……

Chapter 02

人物特寫

男人的心

其實也會痛（佑哥）

男人的心其實也會痛（佑哥）

我喊他佑哥他總是生氣，因為他其實比我小一歲，也不愛被當成「哥」。但是他走起路來很神氣，說起話來很豪邁，為人博學又海派，十足夠朋友。見到他我就情不自禁地想叫他佑哥，也管不了他介不介意，反正他頂多拉下臉、瞇起眼，做個無奈的表情，報復我一聲「ｙ姐」，最後還是會答應我每一個雞毛蒜皮的要求。

佑哥對於他跟陳昇一樣是彰化溪州人這件事，多少有點驕傲。畢竟台灣那麼大，溪洲那麼小，能跟自己的偶像在同一個鄉長大，感覺實在很不錯。他說當初會開始聽陳昇的東西，也是因為這個荒誕的理由，哪知道一陷下去就不可自拔。佑哥的圓臉跟中年後的陳昇其實頗有神似，而他那溫軟的溪州口音，總讓我感到親切，像是陳昇說話時好聽的台語，令人很想跟他搭肩，叫他兄弟。

有一年寒假我騎機車環島到了溪州，佑哥當時讀台南成大，半夜摸黑跟社團朋友去海邊夜遊，月黑風高又玩得太HIGH，迎著海風瘋狂高歌的佑哥從崗哨上跌下來，摔斷了腿，回到彰化老家休養。他很夠義氣地拄著枴杖帶我去吃肉圓，騎機車領我穿越一條條純樸的小街。溪州跟我想的不太一樣，稻田好像沒那麼多，也許是我忘了

人物 佑哥

時間早已過去好多年，在陳昇小的時候，該是另一種光景吧。一種像他《9999滴眼淚》書裡的照片那樣，紫鴛鴦田裡有夕陽的光景。

我認識佑哥時他還在南部讀書，原本讀得好好的，但天有不測風雲，後面的故事佑哥自己引以為奇恥大辱，我們卻津津樂道。他那學期活力充沛、理想遠大，懷有知識分子的使命感，對於自己生長的土地產生濃厚的情感，於是勤跑社團、揮灑熱血，既擔任原住民文化研習社的副社長，又兼任原住民文化周總召，奉獻青春，無怨無尤。當然他不是原住民，但他篤信我們該為這塊土地上原來的居民做些什麼。

為社團砸下大量時間的結果是，一個聰明優秀的化學系潛力青年，竟然糊里糊塗幾科沒及格，成為當年大學二一制度下的一個英魂。

然而佑哥畢竟不是省油的燈，雖然受挫卻不因此而自暴自棄，為了死中求生，他再接再厲、苦讀數周，報了轉學考，尋找學業第二春。他北上赴考時，我們約在南陽街附近的麥當勞喝飲料，當時我正準備去參加陳昇在西門町的簽名會，臨走前拍了拍佑哥的肩膀祝他好運。

正所謂天無絕人之路，於千鈞一髮之際，佑哥憑著堅強的實力在轉學考裡過關斬將，開啟了他的學業第二春。新學期開學，佑哥瀟灑揮別南台灣，開始他北上探索的歲月，他轉到台大，變成了我的同校同學，成了我們台北昇迷幫的一分子。這是宿命，是個喜訊，之後的昇哥PUB演唱會、簽名會、朋友生日聚會、KTV、大小影展，我又多了一個

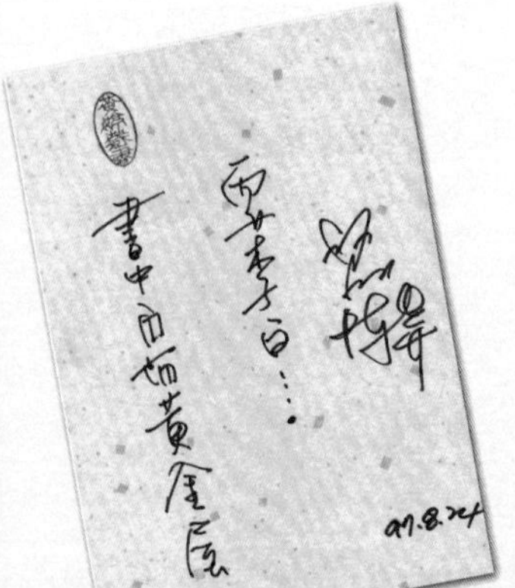

滴眼淚
9999

伴。佑哥興趣廣泛，右腦做理工化學實驗，左腦關懷社會人文，他的書架上一半是化學論述，另一半則是社會學研究。有時半夜我們會到公館去吃消夜、喝啤酒，坐在我們最常光顧的路邊攤上，佑哥吃著乾麵跟我聊城鄉差異、上帝已死、侯孝賢，以及，紀錄片的真實與虛假。

佑哥在台南摔斷的腿，隔了很久都沒有完全好起來。在成大時他坐輪椅幾個月，他的室友每天背他上樓梯進教室，在深夜裡為他等門，佑哥淡淡地說那是男人的情感，是生命中的真正感動。上台北後，有很長一段時間他仍拐著腿走路，歪斜著身體騎機車，午夜一跛一跛地，跟我們一起站在有陳昇演唱會的PUB門口排隊等入場。

佑哥的苦難並沒有因此而結束。花了一年半好不容易才養好斷腿的傷，不到一個月他再度慘遭橫禍，騎機車撞上安全島，又一次腿傷，骨頭裂開，前功盡棄。據說佑哥在受創倒地之後，口中還喃喃念著幾個人的名字，他心裡面其實有多少的牽掛，但平常他從來不跟我們說。

這次佑哥休養了一個月，休養還沒結束之前女朋友就跑掉了。佑哥在醫院裡獨守孤床，書寫悲情的失戀日記並貼上BBS，字字辛酸血淚，當然也帶著陳昇情歌裡那種關於男人的無奈，我們才知道人前堅強的鐵漢也有淒涼的一面，真真是心事誰人知。

但是這卻加深了佑哥的傳奇性，佑哥注定是傳奇裡的人物，很平凡的那種傳奇性人物。

傳奇人物總會面臨一般人少有的坎坷。我常看著他一拐一拐的寬大背影，覺得那變成一種

形面上的生命意象

「形而上的生命意象」，忍不住想要為他流下悲壯的眼淚。這樣講佑哥大概又要睥睨著說：「形妳老母啦！」可我就是喜歡他那種痞子式的直率，喜歡把他氣得亂吼，再看他無奈地容忍我的模樣。

佑哥外表看似冷調，有超越同齡男孩的成熟，但其實他也有天真，當他在我們昇迷朋友中的「大老」旭東面前，就像個孩子。那年大二的佑哥和博二的旭東去PUB聽陳昇唱歌，旭東對調酒有高品味，面前擺了一杯長島冰茶，佑哥見了忙問那是啥，旭東白了他一眼說「檸檬紅茶」，佑哥興致勃勃跑到吧台要「檸檬紅茶」，結果灰頭土臉地被酒保瞪了回來。

然而佑哥天真的那一面卻是我們與他交友最貼近的鑰匙。跟他聊心事是一種痛快的釋放，想要大喊大罵大哭大笑都沒有問題，反正什麼挖心掏肺的事情在他眼裡都是一塊蛋糕，他會靜靜聽著，然後提出一個另類觀點，哄得我們一笑置之。

也許就因為這樣，佑哥雖然年紀輕輕，但就是有辦法讓老大哥旭東三不五時找他聊天。旭東人生最艱難的時期，佑哥曾陪他走一段。當時佑哥在台南念書，深夜裡忙完社團還陪他去吃消夜，讓平時沉默寡言的旭東一點一滴說出心裡話。我常想這個世界上如果有一種職業是「以非醫學治療的方式平撫人心創傷」，佑哥大概可以年薪百萬。

佑哥的傳奇魅力在於收放自如，雖然平時愛裝酷，正經八百，但聽到動感的音樂可從不吝惜瘋狂。他在PUB裡隨〈紅色汽球〉的拉丁旋律熱舞，喝了酒之後會給人熱情擁抱，讓我們目瞪口呆。醉了之後的佑哥話很多，不過也都維持在理性範圍；平時作為很多人的發洩

文藝青年

筒，他對於自己的戀情卻一向保守和低調，只在喝多了酒時會講些奇怪的話，我們才猜到他有些難以說出來的苦。

可也沒人會逼他說。佑哥用自己的內心情感來疏離這個世界，跟他當朋友我們得站在幾步之遙才是適當距離，但他的義氣熱力絕對足夠，足夠到讓我們覺得能與他一輩子交心。

佑哥聽到原住民的音樂會興奮，聽到客家曲調會激動，進KTV總是點「新寶島康樂隊」的台語歌。有台灣紀錄片播放的場合他一定報到，閒來無事就到二二八紀念館當志工，當完了還寫一篇萬言書述說他無比的感動。他帶我到台大對面的「唐山」找台灣文化論述，介紹我去「台灣的店」買楊逵的書，我們偶爾爭論台灣這塊土地該怎麼在國際上正名，而我總是被他的義正辭嚴說得啞口無言。

幸好他還喜歡陳昇，並且不諱言曾經崇拜羅大佑，於是我們有了些不會吵架的話題。要知道像佑哥這樣亂有思想的高眼光文藝青年，讓他承認「崇拜」一個歌手是多麼不簡單的事。我慶幸自己竟然跟他的喜好有不少雷同之處，除了對陳昇的執迷，我們不僅在同樣的年歲被羅大佑的音樂深深感動，我們還都曾瘋狂收集鄭智化的作品。

多麼令人懷念的時代，那〈之乎者也〉的羅大佑，以及〈墮落天使〉的鄭智化。所以我大膽猜測，佑哥可能也注意過黃舒駿，說不定他也不討厭張洪量，在那樣的時代，沒有人聽到〈有種〉能不驚豔的。

五十米深藍

為此我更加堅信，這個世界上的人是會分「掛」的。假如你發現自己跟某種族群成為「一掛」，你會驚訝自己的生活細節中，原來跟他們有那麼多的相像；而隨著廝混的日子增長，你們對人生的品味大約也就會越來越接近。透過這樣的接近，差不多也就能分享一生了吧。

是的，只有佑哥會跟我一起肆無忌憚地罵陳昇，罵他創作上的停滯，罵他不符合我們期待的改變，感嘆我們越來越不懂他。可是，也只有佑哥，會在好多好多年以後，當很多昇迷漸漸對演唱會失去興趣、對追逐偶像失去熱情、對中年後的陳昇音樂感到迷惑，他仍默默地關切陳昇的每一則新聞，認真與我討論陳昇年過四十之後的每一張唱片。我們也許沉痛地批評，也許惆悵地追憶過往，也許檢討其實是我們作為一個聽眾，想法跟以前不一樣了；但我知道那每一句的討論背後，都帶著無比深厚的情感。

我想那大抵類似一種對「偶像」的堅韌革命情感。革命情感最悲壯的意義就是，無關成王敗寇，即使批評也絕對是苦口婆心，因為最後的最後你還是將與這個傢伙同生共死。

不過，如果要提到什麼一輩子、生啊死啊的事情，可能還是太沉重了。講佑哥的故事我們適合用一種灑脫的態度。我想我已經看到他的七十歲，還在瞇著眼跟我笑談這島嶼上的社會文化變遷。他必然不會放棄他的人文關懷，如同陳昇在四十六歲時竟然說要從頭開始玩搖滾樂。

曾有段日子，陳昇的跨年演唱會換了場地，從我們習慣的台北國際會議中心換到了新舞台，而那跟我們這些老昇迷如同朋友的老恨情歌樂團解散了，我們大學畢業了，有人去當兵，有人進社會，有人埋頭準備研究所，朋友之間的幾段戀情以悲劇收場，一些人也在網路上憑空消失，好像一齣長長的瘋狂戲碼總算是要走到終曲，落了幕之後就再也不會有人提起。

可佑哥依然每場跨年演唱會都到，我們都不能去了，他就一個人坐在高高的看台上聽歌，聽完之後發表年度感言，褒貶不一。

「就像是集郵一樣嘛！」佑哥總在每年買下跨年演唱會的票之後，如是說。

但也許我更相信，那是革命情感在作祟。佑哥是用義氣在對待這個他所不滿的世界。

「老實講，我覺得〈五十米深藍〉還不錯嘛！」佑哥某日突然發此感嘆。那是陳昇四十四歲時的作品。

「是啊，尤其是〈活該你是單身漢〉。你心有戚戚焉吧？」我不知好歹地如此接話。

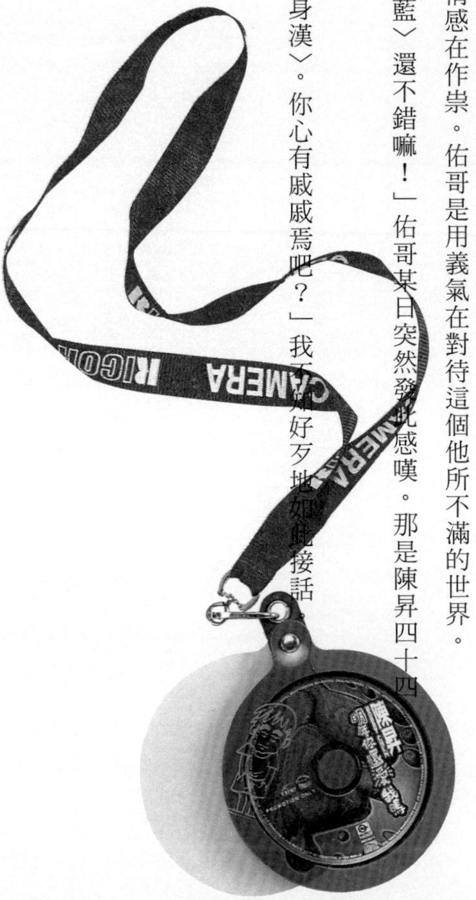

「哈哈哈！幹！」我的頭被敲了一下。

那首歌是這樣唱：

愛情就像發了黃的相片失去彩色　塞進了抽屜裡面
事業是下在沙漠裡的細雪　你怎麼說它的咩
像我這樣大有為的青年　繼續的Complain
Oh~這個世界一定是它瞎了眼

重點當然是最後兩句：

我只是一不小心被你看走了眼
像我這樣的青年　一樣有明天

傳奇人物一定要有懷才不遇的過程，古往今來的偉人故事都是這樣寫的。佑哥正在這樣的過程裡，我對他總有這種奇怪的盲目信仰。

然而其實，二十七歲的我們，要如何去理解四十六歲的陳昇呢？我們對於生命的孤獨仍未釋懷，找不到一個方式坦然自處，但陳昇卻已經快走完他的不惑之年。我們這些往日渾渾噩噩的小歌迷，如今早就被送入社會去衝撞，成長了，冷漠了一些，卻還不能看破紅塵。我們試著用另一個眼光去了解我們熟悉的音樂和歌者，但最後的收穫大概也只是更了解自己。

在大學時代，到了幾個昇迷朋友的二十歲生日，人人都要進KTV淚流滿面地唱一次〈二十歲的眼淚〉，作為成年禮。那時候覺得這歌實在是讓人心碎得像破裂的玻璃杯。我從美國畢業返國後，某次到台中找佑哥，我們去聽陳昇的PUB演唱。彼時佑哥剛通過碩士口試沒多久，當晚顯得非常瘋狂。有那麼一刻，我錯覺又回到了大學時代，以為陳昇和我們其實一直都沒有改變。那天我們都喝了不少酒，深夜裡佑哥騎機車載我回去，透過安全帽的面罩他對我說：「現在聽〈二十歲的眼淚〉好像沒什麼感覺了。」我說是啊，心裡面涼颼颼地覺得有些感傷。原來原來原來，年紀真的是會砍殺熱情的。

然而，在那個夜晚，佑哥載我的短短一段路，即使喉嚨已嘶啞，我仍想迎著風，旁若無人地大聲唱一次：

是二十歲的男人就不該哭泣　讓我們彼此就這樣約定
到四十歲的時候我們再相逢　笑說風花雪月算什麼
沒有哭　只有笑　笑你當年的荒謬
沒有哭　只有笑　笑我一個人走出風中
沒有哭　只有笑　笑你當年留不住
留不住　就罷了　男人的心其實也會痛

Chapter 03

人物特寫

就這樣

一直走下去吧（旭東）

就這樣一直走下去吧（旭東）

「旭東是個謎樣的人。」在談論他時，我們下了這樣的結論。

大抵天蠍座的男人總是很ㄍㄧㄣ的，明明滿腔熱情卻從不外洩，明明知道的事情卻常常要假裝不知道。對了，就像陳昇一樣。在人前他可以發光發熱，私底下卻用冷漠的外表包裹火熱的內心。我們真的常常不知道，年紀大我們七、八歲的旭東，究竟在想些什麼。

第一次跟旭東碰面時，他的娃娃臉拉近了我們外表上年齡的差距，然而當他一開口，就讓我不得不承認：成熟的男人真有魅力。

跟他初見面那天我還遲到了，我們約在台大對面的「小歇」，他喝紅茶，配了些滷菜。我打量眼前這位我生平的第一個「網友」：一臉白淨，娃娃臉，濃厚的書生氣，一雙眼睛裡滿是笑意，理得整齊的短髮，說話時會不經意用手撥弄前額旁分的瀏海。他的聲音低沉有磁性，講話速度很慢，彷彿每一句話都要經過深思熟慮，而一旦講出來，就有種自信。

「小歇」的燈光有些昏暗，星期六晚上，出來閒聊的學生很多，四周頗為嘈雜。然而我還是清楚地聽進了旭東的每一句話。在談話開始沒多久，我很快就忘記了要「提防被網友誘拐」這件事，毫無戒心地喝著眼前的飲料、吃著小菜，陶然進入了旭東的「陳昇經驗」。雖然第一次碰面，我卻錯覺好像已經跟這個人認識了很久，他講的每一句話我都非常了解，而且興味盎然。

我知道，那是因為在我們各自毫無交集的人生經驗裡，都因著陳昇這個人以及他的音樂，而有了近似的頻率。

旭東在台南住了十年，從大學、碩士到博士。他要搬離台南之前，我到他那間累積一個少男青春的公寓小屋去觀瞻，八坪不到的房間裡堆滿了各式各樣的雜物，從門口一直蔓延到窗邊。高級音響、齊全的影視設備、錄影帶、排列整齊的CD、建築與音樂雜誌、色澤飽滿的盆栽、和奇形怪狀的調酒杯，陽光從細密的紗窗格裡透進來，灑在幾本厚厚的電腦書上，泛出一種帶著記憶氣氛的古味；只在那不起眼堆放書籍的屋角，我才尋到了一點旭東鑽研半個青春的本科系的線索：應該是個沉默寡言、邏輯清楚的資訊所博士生。

其實，跟旭東直接接觸時要猜出他的本行並不太難。他具有大部分我們想像中「理工科」男生擁有的特質。因為長期估算電腦程式，所以為人處事都在邏輯上條理分明；也因為長期獨自待在電腦裡的虛擬世界，與外界溝通時，常顯得沉靜。旭東曾說他這輩子大約是很難好好寫幾篇文章，因為整個思維都已經被電腦化了。

雖然如此，旭東對藝術仍有高鑑賞力，並且他以理工科的實事求是精神鑽研他的喜好。某次他告訴我們說，陳昇〈孩子的鞋〉那首歌雖然是「飢餓三十」的宣導歌曲，其實骨子裡是在寫「六四天安門事件」。為了支持他的理論，他先去找了陳昇早年的著作《9999滴眼淚》中的一篇文章，分析之後證明陳昇認為「鞋」代表生命；接著再以〈孩子的鞋〉該張專輯的文案為輔，說明陳昇從北京回來沒多久就發生了六四事件，所以那首歌

是對六四的感嘆，感嘆學生失去了生命（孩子丟了鞋），並非單純的「飢餓三十」宣導曲。

諸如此類的辯證，在旭東聽音樂的過程中層出不窮。雖然我自認是陳昇最老牌的超級歌迷，可在考證的嚴謹上完全不及旭東。他總是孜孜不倦地收集陳昇早期的作品，不管是製作、寫曲、寫詞、甚至和聲吹口琴，只要陳昇有沾上一點邊的唱片，都被他一一翻了出來，仔細聆聽並加以比較，然後在BBS上發表研究成果。

除了歌曲的意識型態，他也對歌曲本身的旋律、編曲都有很專注的研究。比如說，在聽〈鏡子〉時，他會發現前奏和尾奏的電吉他用了重疊的效果，並判斷那是因為要隱喻「鏡子」的反射效果。他甚至聽到了當陳昇在唱「嘿—嘿—」的時候，背景音樂出現了簫聲，有種跌宕的心情……

總之，旭東嚴肅地對待很多事情。他在網路上極少發言，但言必有中。經過一番努力，他真的翻出許多陳昇的老古董作品，從陳昇剛出道開始，一直排到了他成為大牌製作人的歷程，鉅細靡遺。旭東替陳昇音樂歷程的轉變一一寫下眉批，因為他，我們這些「小朋友」才知道聽音樂是可以這樣認真的。

旭東不僅聽CD認真，他聽陳昇演唱會一樣是正經八百。當旭東決定要聽一場演唱會時，他都是很有原則的。首先，進場前不能吃太飽，以避免血液集中胃部而造成昏昏欲睡、無法專心聆賞；再來，一首歌在進行過程中我們不可以講話干擾，一定要全部聽完才能發表意見。而當然，座位的選擇必定要非常講究，要那種剛好在環場音效表現最佳的中間偏前方位置。並且，中途不能隨意離席，除非是無關緊要的特別來賓上場……

1996
SUMMER

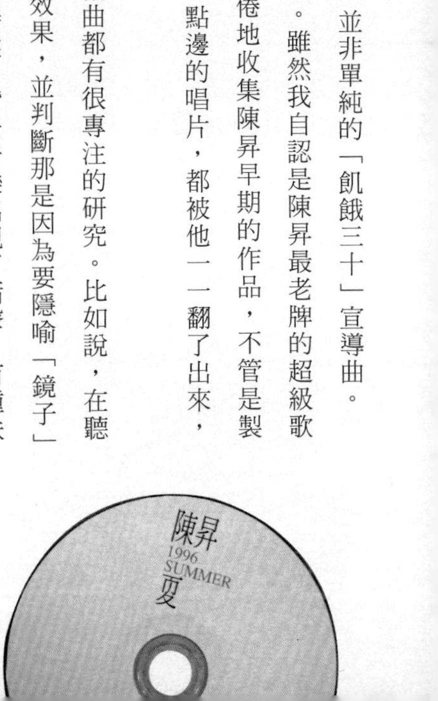

是要到認識他很多年以後我才知道，旭東有著無可救藥的偏執狂，他對於有興趣的東西，常常是廢寢忘食、全心投入的。像是某時期他對HBO的一個影集《諾曼第大空降》很執迷，視為當代經典，他就守著電視把十集全錄下來，再一一從錄影帶轉成VCD，燒了一份送給我，等我看完就與我討論其中的每一個細節。影集的人物角色相當複雜，但旭東仍硬是記了許多，當場跟我分析這些人物背景對他們在戰場上表現的影響。

真有人這樣細心對待電影和音樂作品。

從此我慢慢相信，在旭東冷漠的外表中，其實蘊藏有極大的熱情。那種熱情是你平常看不到，卻會在最關鍵的時刻冒出來。

旭東講話常常只講一半，他好像不習慣一次表達自己全部的感覺，「預留空間」是他的人生哲學。如果我們要邀請他去玩或者聽演唱會，他在答應與不答應之間總會有所保留，往往在跟他溝通的過程中，我們得猜半天，卻還常猜錯。比如說他可能會先告訴我們說：「嗯，演唱會啊，好，我看看。」之後就很久沒下文，當我們都以為他老人家公務繁忙，到了演唱會當天他卻會突然準時出現在現場，然後打電話問大家為什麼都還沒到。

有時候覺得旭東好像是活在自己的世界裡，有時候卻又發現他其實對外面的世界觀察很細微。因為，雖然我都猜不透旭東在想什麼，但他卻常常知道我在想什麼，並會在適當時機突然跳出來提供有效的安慰。某次我參加網路上的一個寫作比賽，經網友投票得了第二名，對那個第一名相當不服氣，暗幹在心裡。旭東突然在BBS上丟了個水球過來說：「猜想妳對那個比賽大概有點在意（他的慣用語法就是一堆不確定副詞，如

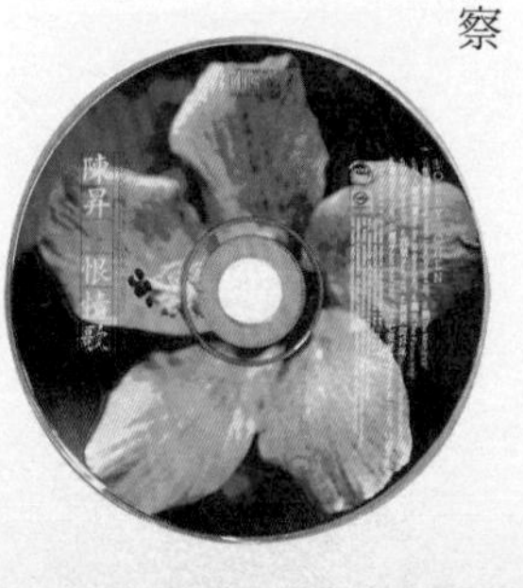

『猜想』、『大概』、『有點』之類的），但其實妳要知道，這種投票是很主觀的，還有許多不可預測的因素，不用當真。我覺得妳寫得比較好。」

當時我真的很感動，驚訝他怎麼都知道我的想法。而他這樣一講，我立刻就釋懷了。有時候旭東真像是《魔戒》裡的甘道夫，總是那樣安靜地，給人面對生命的靈感。

因為年紀比我們大一些，旭東在我們之間的角色其實有點傾向長輩。長輩，通常都是帶距離的，就好像家裡面的爸爸，即使熱愛滿腔，也要維持外表的剛毅形象，有著「心事誰人知」的堅持。我跟旭東心靈最接近的一次，是有一年他父親過世，我們在網路上長聊了很久。我想那對他的人生有很大衝擊，老家在基隆的他，當時還在台南念書，又是家中獨子，父親的離去，他忽然意識到自己真的得扛起一份家的責任了。

還記得那是個凜冽的深冬夜晚，在我房裡的老舊電腦螢幕上，BBS的黑底白字，我看到旭東一字一句敲出他的心情。他說一直沒有跟父親好好溝通過，父子之間話很少。一直要到父親臥病在床之後，他陪伴父親的時間長了，兩人才更加了解彼此。他終於發現，原來父親的形象在他心目中有多重要。

「我們怎能擺脫自己像父親的那個部分，」旭東說。「要到這種時候，靜靜站在爸爸旁邊，等著他要跟你說再見的時

發呆天地BBS陳昇版的第二代版服，正面。由「恨情歌工作坊」BBS站的站長phinex設計。

「陳昇經驗」

刻，你才知道他其實有多愛你。」

他說他正在聽陳昇的那首〈農夫〉，裡面有他的心情。

你站在門沿　看著孩子的背影
讓手上的菸　在輕輕地顫抖
由於你的沉默　沒有閃亮的語言
就不想像有愛　跟你有些關聯
你在天明時出走　從來不問為什麼
有天你在回家的路上跌倒
才發覺已老

你坐在屋沿　望著藍色的天空
在手上的菸　已燃到盡頭
我以為我懂　懂得魚游在水中
而蝴蝶會哭嗎　答案飄在風中
你是否想過　生命的美是什麼
是兒女的笑容　還是心中那片田
你用生命來寫歌　歌裡沒有佔有

你若從不肯說出口　詩人顯得笨拙
這樣沉默的臉孔　心裡藏著什麼
你若從不肯說出口　詩歌就不豐富
你用生命寫歌　怎能沒有點疑惑
你若從不肯說　就讓答案留在風中
也許　答案就在風中

跟旭東聊完天的那個晚上，我打了通電話給我老爸。我問他在做什麼，他說反正沒事就早早睡了。他有點擔心地問我是不是有什麼困難，我說沒有啊，一切都很好，只是忽然很想知道，他好不好。直到掛上電話，那句原本決定要說的、我很愛他的話，還是沒有說出口。我想或許我一輩子都無法在老爸面前把這樣的話說出口，但我這一輩子都一定得努力讓他感覺到，他對我有多重要。

在所有的昇迷朋友中，一直覺得旭東是受陳昇影響最大的人，那種影響從外到內，根深柢固，直達核心，甚至比我還要大。一部分原因當然因為他跟陳昇一樣是男人，也一樣是天蠍座，就連旭東有時候說出來的話，都很有「昇味」。我曾幻想如果陳昇跟旭東哪天去喝酒，兩個人大概也就是面對面坐著，坐上三個小時沒講上三句話，然後等各自回家之後，就對外宣稱彼此是知己了。

有朋友說旭東難搞，可我覺得他只不過是需要心靈的距離。不是將朋友推遠的心靈的距離，而是對生命有太強烈的愛的人，總是會想站遠一點，好定下心來去擁抱他們關注的一切。

我到台南找旭東那一次，他的搬家作業才要開始，空間雖侷促卻還是亂中有序，他進廚房調酒說是要招待我，我坐在一張斑駁的藤椅上，看一卷他從電視上錄下來、在我們那群昇迷中很珍貴的、叫做「風箏特輯」的錄影帶。那是一九九四年陳昇出〈風箏〉那張專輯時，唱片公司為他做的一個電視特輯，銀幕上是三十六歲本命年的陳昇，他在鏡頭前講「男人的事業」：

「當我要埋下去的時候，那個我會含笑這樣子，那個祭文會說，這個人他做過一百張唱片，然後他出了大概有一、二十張唱片，他也寫了十幾本二十幾本書這樣子，然後他交了很多朋友，然後他死去他的朋友都會懷念他這樣子，他在中國的流行音樂上可以留一筆，可以寫上去這樣子。那這個是另外一個男人的事業。所以做唱片要賺錢，那不如去⋯⋯那個『乖乖』的事業都比我們大對不對？錢的樂趣不是在那上面，就是說那個實踐的產品，具有那些東西的樂趣比較重要，比較嚴重。至於說，你去用這樣的方式然後賺更多的錢，那是什麼樣的意義呢？所以對我來講比較大的心思還是放在唱片這樣子。當一本書出來的時候，拿在手上這樣子，厚實的。唱片打樣的時候我就趴在地上看那些打樣，打樣最讓我過癮這樣子。我每次都要等

36 歲本命年的陳昇

打樣。其實不是，他們都以爲我在等打樣是爲了要批改或者是要改什麼東西，其實我只是喜歡看，而且我都會留一份打樣回去。這代表了多少人的心血結晶，多少人的努力，多少人的談論、了解，這樣才會有打樣這件事，這令人感到很快樂。」

大約是一段這樣的談話，總結了我和旭東往後好多年的人生信仰。當然我們都沒有要出唱片，但對於那種「厚實的」感覺都是心有戚戚焉的。這種感覺放在我們身上，對於旭東而言是他的旅遊和他的攝影作品，對我而言就是任何形式的寫作。

脫離學生時代之後，我們都慢慢減少了去陳昇的演唱會，而更專注於自己人生的追求；但是我們依然承襲著這樣的信仰，相信「賺錢」不該是老放在心裡面的事，相信生命的「過程」往往會比結果重要。所以，其實也不用想太多，就這樣一直走下去吧。

1994
.00.00
陳昇・風箏

Chapter 04

人物特寫

終於我們都不再
為歲月解釋（弘彥）

終於我們都不再為歲月解釋（弘彥）

很喜歡看弘彥笑起來的樣子。白淨的臉上帶著典型中文系男孩的斯文，淺淺兩個酒窩在臉頰上漾開，明亮澄澈的一雙眼睛，看得人心中一陣溫暖，即使你不認識他，也很容易有種親近的感覺。

他EQ很好，幾乎喜怒不形於色，會寫詩，喜歡台灣文學，唱陳昇的歌很好聽，常跟我炫耀他「稀有」的黑色機身Nikon FM2相機，用以打擊我太過「普通」的白色機身FM2。儘管如此，我還是很喜歡帶著相機跟他一起去外拍，學習他引以為傲的構圖獨門絕技；當然另一方面，也是要證明不管FM2是黑色機身還是白色機身，拍出來的風景並不會因此而褪色。我們都愛極了按下機械式相機快門時，那個義無反顧的「喀擦」聲，像是歲月打印機，清清脆脆地把凝滯的時光敲進了心底。

大學時代我和弘彥還有輛一模一樣的機車：深藍色的光陽豪邁125。兩輛車首次相遇的那天，我們彼此訝異地睜大了眼，同時問對方：「什麼時候買的車？」然後取出行照一比對：一九九六年二月二十九日。沒錯，就在我買下愛車的同一天，另一個男孩跟我選了同款的一

大學時在某次義賣活動上，以3000NT買下的簽名（這樣的價格對當時的我來說，負擔很大，考慮很久。還配有紙黏土手印，搬家時弄丟了）。這兩句是〈憤怒與童女之舞〉的歌詞，我非常喜歡。

人物 弘彥

輛車，一年之後，我們在網路上因為喜愛陳昇的歌而認識，成為莫逆之交。

弘彥是個安靜的朋友。那種安靜是他不講話，你卻知道他懂你。人多的時候他話更少，但兩人獨處時他又能滔滔不絕。我相信這是土相星座的特質，雖然處女座的他，老愛跟我說：「妳知道嗎？處女座的人最不相信星座了。」但不管他信不信，他的性格中確實有些處女座男孩的特徵：理性、負責、好辯、感情內斂、完美主義……還有龜毛。老實說我還真受不了每次問他一個問題，他都得想上三天；約他吃飯，光地點就得花三小時決定。然而這並不影響我們的友誼，我們依然會在半夜相約到醉夢溪畔喝啤酒、為了台灣應不應該獨立而爭執不休；我們也依然會即興出遊，在BBS上互相丟兩個水球約定十分鐘後會合，說走就走。

我對弘彥最大的「貢獻」可能是把他的初戀情人帶進他的生命；然而這或許也是我對他最大的虧欠，因為這段戀情終究沒有結果，而此後弘彥遠走台中，我們有好長一段時間沒聯絡。等再次見面雖只過去了兩年，兩個曾經很要好的朋友站在台中火車站街頭遙遙相對，那種感覺卻彷彿已是滄海桑田。

故事的開始是一九九七年深秋台大校慶，陳昇受邀在椰林大道開演唱會。當天我們幾個要好的昇迷網友都來了，因為是我的地盤，我早早就幫大家在前排卡了一整排視野良好、音效特優的位置。開演前不久，我騎著腳踏車到校門口去接人，遇見迎面晃蕩而來的小瑄，一臉百無聊賴，說她正準備回女三舍休息。我拉她去聽陳昇演唱會，她猶豫了一下，轉頭看到舞台那邊已經聚集了萬頭鑽動，答應了。

1988.00.00

陳昇．擁擠的樂園

小瑄是我系上的同學，個兒不高，瓜子臉，長髮披肩，一臉憂鬱的雙魚座女孩，還挺孩子氣。許是因為我們倆都來自南台灣，畢業於同一所高中，所以在陌生的台北有著難以言喻的親切感，平時下了課常一起走路聊天回宿舍。她對陳昇的歌沒涉獵過，但我總覺得像她這樣心思細膩的女孩，一定能懂陳昇的世故，那種男人發自內心的痛楚。

我將她帶到我們網友的地盤，一眼瞥見弘彥身旁有個空位，就讓小瑄坐在他旁邊。我要趕回校門口接人，對弘彥丟下一句：「喂，這是我同學，她叫小瑄，你要負責陪她說話，別讓她覺得無聊！」說完，我騎著腳踏車又匆匆忙忙跑掉了。

當時我可不知道，我這一走，卻留下了一段椰林大道的情緣。

那是場很浪漫的演唱會。舞台設置在椰林大道中段的傅鐘附近，背倚當時還沒蓋好的新總圖，前台正對著大門口。我想陳昇唱到夜幕逐漸低垂時，一定可以遙遙望見公館那些五彩繽紛的商家一一亮起了燈，也會注意到新生南路上來往不息的車潮游移，拉成一條條金黃色的光線。有幾個片刻，我感覺他唱著唱著，眼神就停在遠方，彷彿被什麼吸引住了。

演唱會剛開始時，舞台背後是好大一片橘色的天空，歌聲響起，晚風徐徐吹來，〈不再讓你孤單〉的旋律漫開在溫煦的黃昏，從容的吉他弦音和著椰子樹梢上的沙沙聲響，陳昇悠悠地唱著：

……

我從遙遠的地方來看你　要說許多的故事給你聽
我最喜歡看你胡亂說話的模樣　逗我笑
儘管有天我們會變老　老得可能都模糊了眼睛
但是我要寫出人間最美麗的歌　送給你
路遙遠　我們一起走

音樂迴盪在台大的天空，我身後那條椰林大道好像在不斷延伸，一直延伸到一個叫做永遠的地方，在那裡有片無際的曠野，而歌聲依然沒有停。我回頭看看後排的小瑄和弘彥，發現他倆的頭正湊在一起，把玩著我帶來的一瓶紅酒，對上面的標籤指指點點，音樂很大聲，聽不見他們在講些什麼，但從表情上可以看出兩人相當開心。我有點訝異，才第一次見面耶，怎麼就好像很熟一樣。許是陳昇的歌聲太撩人，這樣的氣氛很難讓人放棄浪漫的權利。而看到小瑄難得笑得那麼酣暢，我也會心地笑了。

陳昇唱起了〈擁擠的樂園〉，開始跟大家玩他那老掉牙的「和聲遊戲」：把觀眾分成三部音階，當他唱到這首歌的最後一個字時，三部一起幫他合音。這遊戲我玩太多次了，覺得有點百無聊賴，此時猛然發現劉若英和蕭言中就坐在前排，於是我回頭搶過弘彥手上的紅酒瓶，湊到前面去要簽名。在全場五音不全、陳昇氣急敗壞的一陣混亂之中，我終於拿到簽名，低頭一看，見蕭言中還在上面畫了一隻伸長脖子的小烏龜。

鏡子

SUMMER ....

演唱會從晚霞滿天唱到月出東山，五個多小時，四十幾首歌，安可曲〈鏡子〉簡直是催淚到了最高點，迴旋的音律敲在每個人心上，末尾那段拔高則是整個豁出去的戛然而止，昇哥眼中泛出淚光，「但是心口上的裂痕響起了依舊是隱約、隱約地痛……我在恍惚間也不知這一切究竟是怎樣結束的，莫名所以的激昂情緒已經飛揚在整個椰林大道上，抬頭只見舞台後方一輪鮮黃的滿月，緩緩爬高到椰林樹梢，而我已融入天地。

校慶後緊接而來的是期中考試，我們分別又回到各自的軌道上，孜孜不倦。大概過了兩個多星期，有天夜晚在BBS站上遇到弘彥。

「出來喝酒吧？」他丟了個水球過來。

「現在？」我看了看螢幕右下方，十一點四十三分。

「嗯，我有話想說。」

十二月初的台北午夜，挺冷，騎車奔馳在興隆路上，凜冽的風不斷從我袖口灌進來，整個胸口緊緊收縮著。我們約在政大門口的便利商店，買了幾瓶啤酒，然後到醉夢溪畔散步。大霧，空氣中濕氣很重，一罐啤酒下肚，身子暖了些。

倚著露濕的欄杆，弘彥原本白淨的臉脹得通紅，一口氣灌完第二瓶啤酒，跟我說，他和小瑄「在一起」了。

小瑄開始聽陳昇的歌，上課偷傳紙條跟我討論歌詞的意境，下課就五音不全地對我唱〈不再讓妳孤單〉，唱著唱著還要我幫忙提詞。我們幾個昇迷朋友的KTV聚會她也常參一腳，

1992.00.00

陳昇・別讓我哭

每次總要纏著弘彥唱〈鏡子〉給她聽。〈鏡子〉是首很苦的歌，很多句子都得一次不換氣拉得好長，不唱到挖心掏肺很難結束；以前這是弘彥的拿手歌，他常常唱到緊閉雙眼、垂首皺眉、抓髮捶胸，一副心痛如刀割的模樣，讓我們在一旁的聽眾也感覺到鋪天蓋地的痛苦。然而說也奇怪，自從弘彥有了小瑄之後，唱〈鏡子〉就再也唱不出那種悲痛，往往眼睛瞪得大大的，偶爾唱一唱還會偷瞄小瑄，不自禁地露出微笑。

我終於了解，很多人說藝術家得活在困頓裡，才能有感動人的作品出現，這倒也不是沒有根據。愛情的甜蜜滋味讓弘彥失去了對〈鏡子〉的詮釋能力。那麼陳昇在寫這歌時，究竟正經歷著怎樣的生命矛盾呢？

自此我跟小瑄之間多了共進午餐時可供談論的話題：關於弘彥的一切。而我跟弘彥之間也多了深夜醉夢溪畔閒聊時的下酒菜：關於小瑄的一切。

那種感覺滿奇怪，突然間我的兩個原本互不相干的朋友成為情侶，而我是他們唯一共同的朋友。這事的結果便是：我成了理所當然的玩伴、傳聲筒、出氣筒、垃圾桶、和事佬、戀愛諮詢師。兩人甜甜蜜蜜時，常帶著滷味小菜到我的住處，坐在我床上打情罵俏；若不幸吵架，就分別把我拉去訴苦，數落對方的不是，還試圖要拉攏我，完全不理會我兩面不是人的尷尬處境。

當然我希望他們感情穩定些，這樣我的日子會少點麻煩。如果弘彥超過一

星期不跟我聯絡，小瑄下課又常匆忙離去，我就知道那陣子是風平浪靜，我這小小的中間人也就能安居樂業。如此，我還常常可以收到他們從不同地方帶回來的名產：淡水的魚酥、基隆廟口的奶油螃蟹、九份的芋圓、宜蘭的牛舌餅……最妙的一次是連金門的花生糖都搬了整箱回來，拿到我房間來撒了一地，然後三個人開始玩大富翁。

小瑄的出現，也讓我們昇迷網友的聚會多了個生力軍。每年陳昇跨年演唱會我們都買團體票，然後想盡辦法讓大家坐在同一排，有時候還得為誰跟誰坐而煞費苦心。有了小瑄之後，弘彥的座位就好安排多了。

有時候我會懷疑，對於從沒聽過陳昇的歌的人如小瑄，能習慣昇哥演唱會上那種忘詞、走音、搶拍、亂跳舞、講冷笑話的隨興風格嗎？不知道她能不能了解，這個男人的魅力也許就在於那些顛三倒四的表演？有一次在某場演唱會上，曲目正進行到〈別讓我哭〉，陳昇照例讓他的樂團在前奏時秀一段長長的演奏，整個空間都被巨大如海濤般綿綿不絕的音樂籠罩，我不經意轉頭看後排的弘彥，見到小瑄閉眼斜倚在他肩頭，臉上掛著微微的笑容，很滿足的模樣。弘彥對我眨了眨眼睛，此時我才忽然了解：那是一種感覺！陳昇演唱會創造了一種感覺，讓我們身在其中而被一種情緒所包圍，即使沒聽過他的歌的人，也能被那氛圍所感染。

日子在無聲中悄悄流逝。我還是一樣上課、下課、讀書、考試、寫報告、彈吉他、打壘球，當然還有，追逐陳昇。我大三升大四這一年，昇迷朋

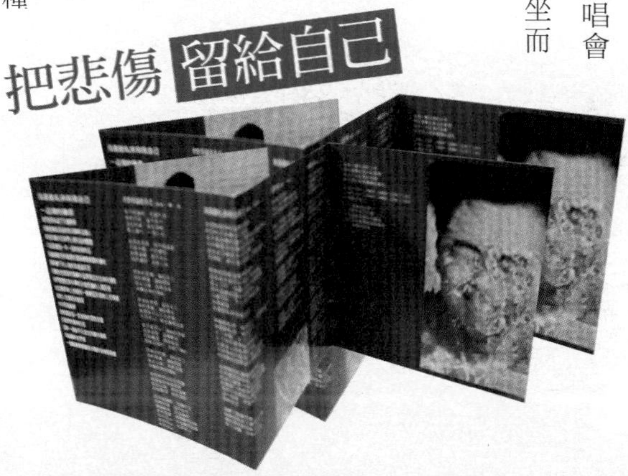

友們有不少變動，有人畢業去工作，有人去當兵，有人談戀愛又失戀，我自己啥事兒都沒幹，整天像個遊魂似地騎車亂逛曬太陽，自由自在。

弘彥和小瑄的感情慢慢有了變化，我在小瑄身上觀察到所謂戀愛必經的各種階段：試探期、甜蜜熱戀期、穩定成熟期、危機沒落期，最後終於進入垂死掙扎衰老期。那情形大概就像黃舒駿那首〈戀愛症候群〉後段：「經過一段轟轟烈烈熱戀時期，不久就會開始漸漸痊癒；兩人開始互相厭倦，互相攻擊對方缺點，所有甜蜜都隨風而去。」

當小瑄開始頻繁地蹺課，打電話給我的次數增多，並且每次都語帶哽咽、語無倫次之後，我就知道事情有點不妙了。

一九九九年三月的一個晚上，弘彥跑來住處找我，說他心情很差。我放下手邊寫到一半的GRE邏輯習題，看著他，等他的下一句話。

「上網查一下明天的飛機時刻表吧！」他說。

隔天一大早，我們搭上從台北往澎湖馬公的第一班飛機，沒帶行李，只各自揹了台相機。在飛機上我伸著脖子往外看，視線不斷拔高，離陸地越來越遠，整個台灣西部海岸線的輪廓漸漸明顯，像一張比例尺變得越來越小的地圖，而台灣海峽的湛藍包圍了拼圖一般的沿岸陸地。天氣好得讓人想跳機，我想著如果就這樣跳下去的話，其實是跳進一大片藍色的帆布裡，我可以張開雙臂，像電影裡演的那樣，緩緩下墜、下墜、下墜……

近五十分鐘的飛行時間裡，弘彥都不太說話，他整個人靠在椅背上，一雙眼睛直盯著機艙的天花板。

「砰！」地一聲，飛機重重地落上跑道，顛簸向前急速滑行，減緩飛行下降時的衝力。澎湖到了。我們已經離開一塊陸地，降落在另一塊陸地上。一九九六年夏天陳昇在白沙海園的演唱會，第一次把我帶到了澎湖，從那時候起，這座島就好像是塊夢土般地存在於我的腦海，一個提供心靈遁逃的避風港。每當心情低落時，我總會想：大不了到澎湖流浪去吧！年輕的時候老想著去流浪，好像真的可以就那樣一去不回似的。

下了機，一陣濕黏的風吹來，帶著海水的鹹味。在短短時間內，從車水馬龍的台北城，一下來到了天寬地闊的海島，真是恍如隔世。弘彥終於露出了笑容，我想我們的血液裡都有著漂泊的因子，就是愛極了那山、那海、那遠離塵囂的氣味。

彼此有著心照不宣的默契，出了馬公機場，我們就直奔海港，坐船前往望安島。

近午，我們坐在港邊的小店門口，喝了碗鮮美的魚湯，汗如雨下。然後租輛50c.c.機車，烈日之下搖搖晃晃地騎上山坡頂，找了個可以看見四面環海的視野優良地，躺在草地上。面對著一望無際的大海，彷彿天地之間只剩下我們兩人。我忽然覺得，已經很久沒跟弘彥好好聊聊了。自從他和小瑄在一起之後，我總是忙碌地游走在他們兩人之間，卻沒機會像以前那樣，靜靜地聽聽弘彥心中的想法。

「前年那場台大椰林演唱會之後，我跟小瑄開始在BBS上聊天、通信。那個晚上的月光太

浪漫了，陳昇在唱〈把悲傷留給自己〉的時候，不知怎地，我忽然覺得身邊這個女孩可以懂我當時的心情。她其實也就只是靜靜地坐在旁邊，好幾次我轉頭偷瞧她，她都很專注地看著舞台上的陳昇，那眼神給我一種安心的感覺。回去之後，我們連續兩星期都聊天到半夜，講些什麼我現在都忘了，反正就是這樣，你突然發現有個人，可以讓你覺得自己很重要。」

「就這樣開始了？」

「嗯，就這樣開始了。我每天從政大騎車去台大接她，吃飯、看電影、逛街，有時候興致一來就飆到淡水、烏來、陽明山，總之，覺得自己更像一個大學生了吧。談場漫無目的的戀愛、蹺幾堂課、遊山玩水，就連跟她吵架，都像是生活中的必須。我的身邊多了個人，心上多了個牽掛，朋友卻也失去了一些，幾乎把課餘時間都給了她。有時候甚至覺得好像是為了這個女孩在活著，做什麼事都會想到她，那種感覺很甜蜜，但也滿可怕的。」

「可是你真的給了小瑄很多快樂，以前我很少看她開懷笑過，認識你之後，雖然她的情緒起伏明顯大了很多，但其實我覺得人生嘛，大喜大悲總比不喜不悲來得有意思點。」

「嗯，好像都是這樣，我們擁有了一些，相對也就失去了一些。我擁有了跟小瑄在一起的

滿足，卻失去了自由。我不曉得是不是每個人都像我一樣，有了情人，就沒什麼時間顧到朋友，瘋狂起來會覺得把每分每秒給對方都不夠。妳看，這一年來我跟妳幾乎沒有好好談心的機會，我連一個人騎車去晃晃的時間都少了。有時候跟朋友聚會，沒帶她出來，卻仍然是滿心牽掛。」

「是吧。但我可以了解啊。我總覺得每個人都像是圓心，週遭的每個朋友都是一個圓圈，圓圈的大小隨時會改變，小圓圈會比較接近圓心，最大的圓圈在最外圍，離圓心很遠，但它永遠都還是一個圓。現在我只是離圓心遠一點，可我還是你的圓，你甩我不掉。我真的希望你和小瑄好好的，你們都是我的好朋友，我希望你們可以分享同一個圓心。」

「我知道，但事情就還是變成這樣，當初誰也想不到。小瑄好敏感，跟她在一起需要很大的耐心和細心，有時候我不經意的一句話，或者沒經過大腦的一個小動作，都會傷害到她，我覺得壓力好大。後來我們吵架的機會越來越多，每次都是因為很小的事情，現在想想真的很蠢。而且更嚴重的是，我不喜歡她對我的不信任，不喜歡那種被緊迫盯人的感覺。」

「我想是因為她太在乎你吧！而且陳昇不是說了？愛情是一種妥協，或者改變。這世上總沒有完全一樣的兩個人，一旦你們要在一起，就是要不斷地磨合，你適應她，她配合你，彼此改變自己來融入對方，尋找一個

兩人都舒服的平衡點。」說到這裡，我有點無法接下去講。因為我想到陳昇後面接的話是：「如果你愛上了一個根本沒有打算要改變的人，那一輩子就要屈就在一種壓力之下了。」

沉默了一會兒，弘彥才用很細微的聲音開口說：「其實我想了很久，真的覺得不行了，我不夠成熟去面對小瑄，我們不合適。我只是一直不知道要怎麼跟她開口，可現在我真的不快樂，每天面對她的心情都是沈重，再這樣下去我可能會精神分裂。妳看現在，我都跑到望安來了，以後我還要逃到哪裡去？」

他頓了一頓，說：「我需要妳給我勇氣跟她分手。」

天啊，這大概是我人生中遇到最尷尬的情況了。我的好朋友甲，要我給他勇氣，去跟我的好朋友乙分手。可是，那誰來給我勇氣，去面對兩顆我很在意的、受傷的心？我沒有再說一句話，看著遠方那一片半圓弧狀的海，好安靜的世界。我們就這樣一直躺著，直到夕陽西下，竟錯過了唯一一班回澎湖本島的船，最後只好找間民宿過夜。一個晚上三百塊，是個類似三合院的住家，院子裡有條大黑狗。

弘彥大概很累了，一進房裡就倒頭大睡。我覺得有些心煩意亂，一個人到外面晃蕩。望安島的夜很寧靜，才晚上九點多，很多戶人家都熄燈就寢了，我穿梭在狹小的巷弄裡面，感覺有股巨大的孤寂襲來。四周沒什麼光害，抬頭一看，多出台北十倍以上的滿天繁星都在盯著我看，我望著它們，發起呆來……

隔天中午我們回到台北。在烏煙瘴氣的大街上跟弘彥道別前，我告訴他，真的想清楚了，就去做吧。感情的事，沒有對錯。然而，我也沒辦法給任何人勇氣，因為連我自己都覺得迷惘極了！

此後我有兩年沒再見到弘彥。好像也不是誰真的做了什麼決定，就是時候到了，知道我們彼此的人生中，有其他事情該要去面對了。

大學畢業之後，弘彥去台中念研究所，聽說交了新女朋友，開始潛心鑽研台灣文學，日子過得有如隱士。他還把陳昇的歌詞研究當作碩士論文，卻不再去陳昇演唱會，也幾乎跟台北的昇迷朋友斷絕往來，連網路上都少見他。跟弘彥分手後，小瑄哭得很厲害，我真正見識到什麼叫「以淚洗面」，才知道有一種痛是可以把人徹底擊垮，讓一雙原本靈動的眼睛變得黯淡無神。一直到我出國念書，小瑄的情況都沒有好轉，我常在異國的清晨接到她的電話，無可奈何地聽著她無可解決的悲傷。那悲傷像是我CD隨身聽裡長年播放的一首〈別讓我哭〉，間奏時一直迴旋迴旋，沉淪到底，無可休止。

一年後，小瑄到台東念研究所，在那塊山與海環抱的美麗土地上，她獨自生活、讀書，讓時間與空間沖淡憂傷，慢慢才一點一滴，找回堅強自信的自己。

我念完碩士回台灣後，分別和小瑄、弘彥都見了一面。我們坐在以前常去的餐廳裡吃飯，彼此的距離只有一公尺，但我卻覺得好像隔了千山萬水。以後每每聽到陳昇的歌，想起我的朋友，心裡總會有股淡淡的惆悵。我不知道這過程中，我們是否曾經得到什麼，又是否失去了什麼，人生的得與失之間，常常是怎麼也說不清楚。只是當時間繼續向前走去，曾經發生的一切變成了越來越老的記憶，好像就什麼都不必再說，終於我們都不再為歲月解釋。

Chapter 05

人物特寫

奮力向前的安慰（阿超）

一直走下去吧（阿超）

每當想起跟阿超第一次見面的場景，我腦中總會浮現一張照片。照片裡他穿著一條及膝短褲，軍綠色T恤，兩手抱胸、雙腿張開，穩穩地站在沙灘上，赤腳浸在不時沖刷而來的浪潮裡，很神氣的模樣。他頂著只比平頭略長的短髮，戴一副細黑框眼鏡，整個人瘦瘦長長的，笑起來帶著點玩世不恭的痞子味。

照片上是一九九六年澎湖的海，湛藍、平靜，襯著清朗的天。那年八月盛暑，陳昇在澎湖開演唱會，我們幾個昇迷網友約好在那開滿天人菊的島上會合，我終於有機會讓阿超從網路上的抽象ID具象化，跳出來在我面前變成一個活生生的人。

一個初見的場景，後來被我記成了一張照片裡的畫面；其實我也不確定那張照片是不是我們初見面時拍的，但總覺得那是我第一印象裡的阿超。他站在海邊，整個背後都是藍色，無邊無際的藍色，像他開闊又帶著憂鬱氣質的性格。有好長一段時間，他在BBS上的暱稱叫做「小海豚」，後來我們也就習慣叫他海豚，看到海豚總不自覺地會想到他那細長彷彿也能在水中竄越的身子。

常有人問我：「妳認為異性之間有沒有純友誼？」在認識阿超之前，我不確定；但認識了阿超之後，我會毫不遲疑地回答：「有。」阿超是我最知己的異性朋友，而我想，他可能也從來沒把我當女生看。我們曾經在唱KTV時一起喝醉，跟著〈鼓聲若響〉的尾奏搖屁股；曾經在陳昇的PUB演唱中，並排坐著、搭肩搖擺，酒到杯乾，共同和著陳昇彈的吉他高唱

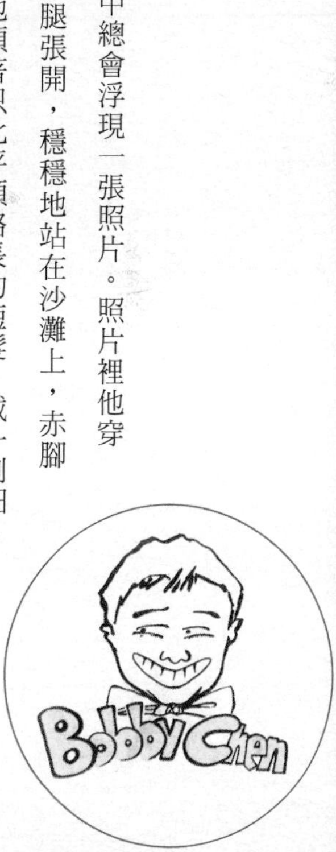

人物 阿超

〈細漢仔〉以至聲嘶力竭；他考研究所時，睡在我四坪不到的房間地板上，第二天早上騎我的機車離去時，我的眼睛都還沒睜開；他當兵休假時，我騎車去火車站載他，兩個人在西門町漫無目的地逛了好幾圈，聊他當兵時的狗屁倒灶事。他研究所鍥而不捨地考了三次，考上的第一所學校，是我最先在榜單上發現他的名字，傳簡訊告訴他之後接到他激動莫名的電話，弄得我也差點掉眼淚。

他是那種會站在一張陳昇演唱會的海報前說「明天若這張海報還在，我就把它幹走」的傢伙，那不是說說而已，第二天海報真的還在，他就真的撕了就走。他會穿拖鞋坐在路邊跟我吃著魯肉飯，然後大談《大亨小傳》中的蓋茲比。我們的對話很隨性，就是那種很直接的，兄弟之間的對話。典型範例是這樣（y是我，A是阿超）：

y：你跟無尾熊發展到什麼程度啦？（無尾熊是他某情人的秘稱）

A：沒呀！就單戀咩！（我彷彿聽到他心底一聲嘆息）

y：她不知道你喜歡她嗎？

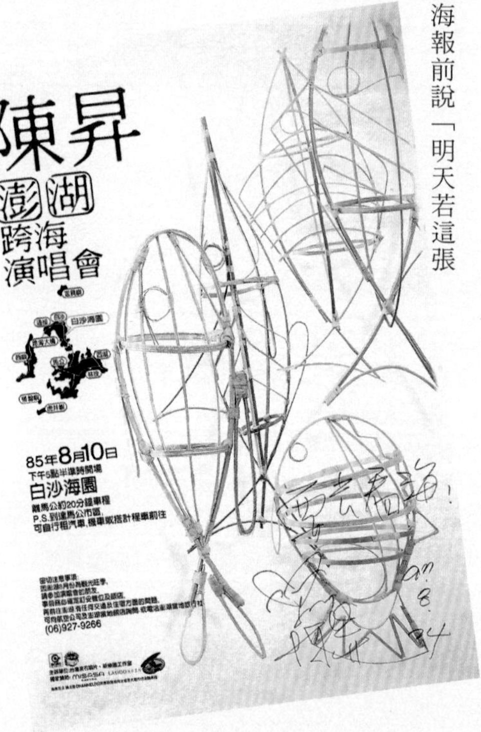

這是阿超在澎湖演唱會時，從牆上幹來的海報。在昇迷朋友中受到極大的覬覦。

A：應該不知道吧！不過我覺得這樣就很好啊！因為我覺得暗戀有它的美感在（這話他講過N次）

y：難道你不想更進一步嗎？精神戀愛！？（我露出不以為然貌）

A：現在這樣就不錯了，我喜歡她就夠了
（阿超不甘示弱地表現出純情貌）
y：靠！少裝了，喜歡一個人不就是要操她嗎？
哈哈！（慘了，我原形畢露）

A：靠！y你這句話夠猛！

不是操他，是要練他！（這得說明一下，我們倆都酷愛北京作家石康的小說，這是石康慣用的語法）

我剛認識阿超的時候他大二，念商學院的企管系卻愛搞文藝，有個天真文靜的女朋友名叫小菵，個子小小的，笑起來很甜，眼睛會瞇成一條線。高瘦的阿超跟小巧的小菵站在一起時，活像是大哥哥帶著小妹妹，甜甜蜜蜜，開開心心的。我第一次見到他們時，覺得這兩人會在一起過一輩子，畢竟從外人的眼光看來，他們太登對了，很沈默但是很契合，相處的模式好平凡。而我相信平凡代表永久。

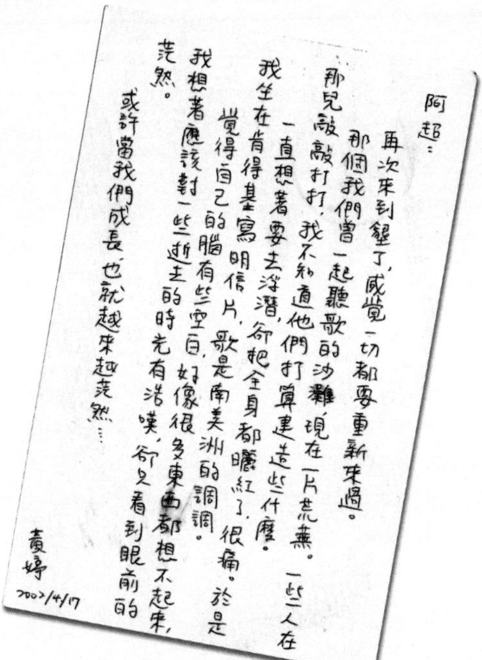
阿超：
再次來到墾丁，感覺一切都要重新來過。
那個我們曾一起聽歌的沙灘，現在一片荒蕪。
那兒敲敲打打，我不知道他們打算建造些什麼。一些人在
一直想著要去浮潛，卻把全身都曬紅了，很痛。於是
我坐在肯得基寫明信片，歌是南美洲的調調。
覺得自己的腦有些空白，好像很多東西都想不起來，
我想著應該對一些逝去的時光有些嘆，卻只看到眼前的
茫然。
或許當我們成長，也就越來越茫然…
黃婷
2002/4/17

2002' 給阿超的信

不過這次我沒猜對。我只見過小蔺三次，一次是她跟阿超上台北來考研究所，我們一起到景美夜市吃蚵仔煎，吃完後走路回我家，我落在後面，看著他們倆並肩在前面走著，一高一矮的背影，使我想起北野武電影裡的畫面，一個沉默堅毅的男人和一個溫順可愛的女孩；一次在墾丁的陳昇演唱會，阿超和小蔺坐在月光下的草地上聽歌，當天我忙著跟朋友串門子，沒怎麼理會他們；最後一次是暑假結束前，阿超帶小蔺到高雄老家找我，我們一起去西子灣看夕陽、吃「海之冰」，我還為他倆拍了張背後有橘紅色晚霞的照片。

我跟阿超認識兩年之後，他與小蔺分手，從此我再沒機會見到這個女孩。阿超的朋友都知道，小蔺是個好女孩，有些人無法諒解阿超的決定，阿超在同儕間或多或少面臨了些壓力。然而我明白，感情是兩個人的事，他們倆最可貴的地方，就是好聚好散，彼此有了解的默契。跟阿超分手後的某個早晨，小蔺在BBS上寫信給我，那是我與她最後一次的聯絡。

Dear小y：

其實，我一直很喜歡妳，很欣賞妳給人的感覺，很親切。對朋友，你一向都很用心。只是以後沒有機會再認識妳了，有些難過。

關於那件事，希望妳不要用道德來看它。

嗯。他被很多事情束縛很久了，今天他難得可以掙脫，做一些想做的事。朋友的支持對他來說很重要，所以，請妳幫幫他吧，在妳面前他有最眞實的一面。可以的話，讓壓力遠離他，我擔心這些壓力讓他無法得到快樂，如果這樣的話，我會傷心的。

就這樣。在某個層次來說，我將他託付給妳了。即使我已沒了立場，但心裡卻是這樣盼望的。

麻煩妳了。早安。

小蕑

我在電腦前讀了這封信，眼眶悄悄地濕了。這世界好像有些事情就是這樣，沒有對跟錯，沒有為什麼，我們唯一能做的只是忍著淚接受好沒來由的結果，然後頭也不回地向前走去。

在往後的很多年裡，不管阿超又認識了幾個女孩，他總會在不經意間提起小蕑，像是提起一個古老的傳說。後來小蕑結婚了，阿超跟我說他覺得有點憂傷，我知道那可不是什麼舊情復發、藕斷絲連的鳥事，小蕑代表的就是阿超的青春，青春裡蘊藏著一個少年的純情和想望。那是阿超生命中再也難以分割的一段記憶。

雖然聽他講過很多故事，我卻始終沒能了解阿超的愛情觀。我常說他是個痞子，老吊兒啷噹的，但我知道他其實沒有所謂的痞子瀟灑：外表看來率性胡為，諸事不縈於懷，實則內裡沉默冷靜，善體人意；為了不影響別人心情，他自己內心真正的感覺常隱瞞不說。

大學畢業後阿超沒考上研究所，決定先去報效國家。跟小蕑分手後，他在入伍前兩個月，跟另一個也是網路上的昇迷女孩交往。女孩名叫若渝，清秀美麗，充滿文藝氣息，在石牌的一家咖啡店打工，咖啡店的名稱跟那位割耳的畫家的名字諧音。有段時間阿超借住在我景美的家，天天騎機車飆到石牌去見她，直到他入伍當兵，一遇到休假也這樣騎去看她。據阿超描述，兩

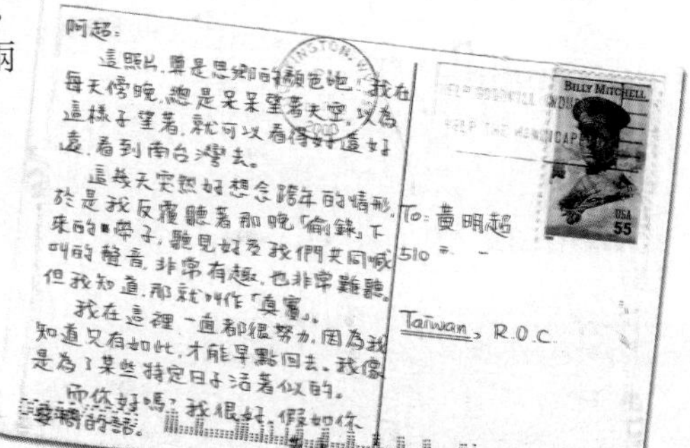

2000' 給阿超的明信片

人其實也沒做什麼特別的事，常常在咖啡廳裡一坐就是一整天，聊天的內容不外乎陳昇、伍佰、陳綺貞，以及村上春樹。聊累了就到天母街頭走走，在公園裡散散步。

大抵這樣的愛情活動是還算心靈層面的。那陣子阿超網路上的暱稱常改成一些對我而言極為陌生的英文名字，大概就是他又聽了什麼古典樂、新發現了什麼地下樂手，跟若渝在咖啡店裡分享陶醉。細膩的阿超試著以若渝的隻字片語去一點一滴了解她的世界，如同他在意與朋友相處的每一個細節。這個女孩，給了他無窮的生命泉源。

當時我正面臨俗不可耐的大四症候群，成天憂慮我的前途，一陣子忙考GRE想出國去念書，又一陣子忙考國內的研究所，連聽陳昇演唱會也有一搭沒一搭，於是有好一陣子沒見阿超，只在他去當兵時送了他一程，看著他背影遠去，腦海中不知怎地就響起陳昇的那首〈如風的少年〉：

一九五八年吹起北風的那天　我搭上北去的火車
他穿著綠色的軍用夾克　站在月台上跟我道別

臨走時我們在台北火車站前亂逛，我知道了一些若渝的事。事情聽起來都很簡單，他們在台南的三皇三家聊整天，去墾丁聽陳昇演唱會，追逐海浪和夕陽，唱〈鴉片玫瑰〉、〈流星小夜曲〉、〈微涼的你〉以及〈讓我想一想〉。他們也一起去九份，聽陳綺貞演唱會，看夜景，在台南散步。阿超用入伍前的短短六星期，盡力與若渝分享他二十多年的人生，如同在海灘夜遊時我們都曾努力試著抓住流星。

原以為阿超當了兵之後，每個人都要回頭去繼續過自己的人生，很多事情可以當作沒發

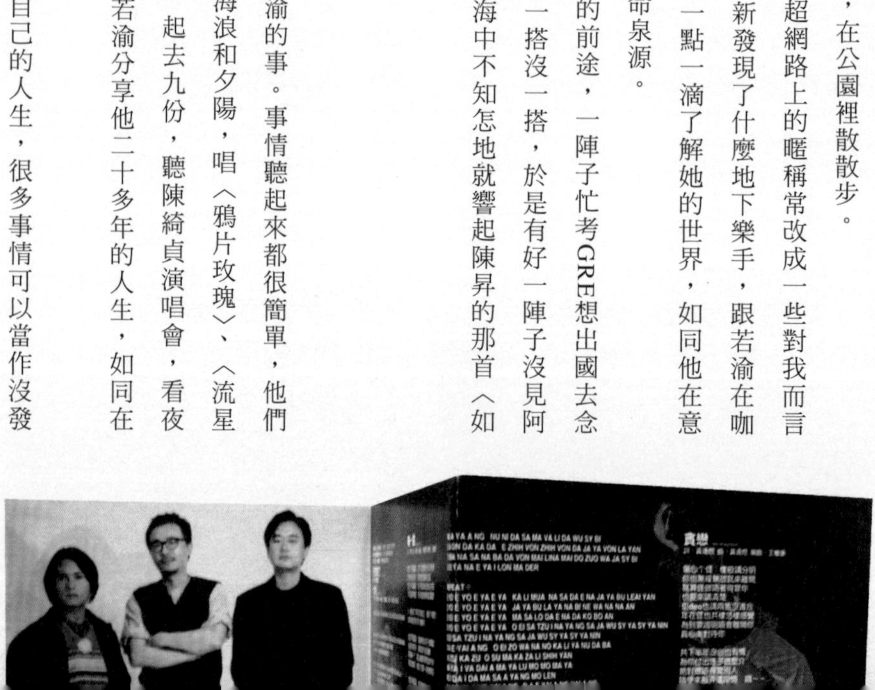

生過；然而當時我們都不知道，其實早在阿超牽起若渝的手的那一刻，他往後幾年的人生都要改變了。據阿超後來說，那幾乎是「整個人生的大逆轉」。

幾個月過去，再次見到阿超時，他已經學會了抽煙，我們兩人的心境都經歷了好大的轉變。我決定走上出國念書的道路，在南陽街補習班為GRE打拚，大四下半年過得恓恓惶惶；阿超入伍後沒多久遭逢兵變，一切的來臨都快得讓我或者其他朋友來不及給他安慰。菸草是為了抑制在棉被裡哭的慾望，為了解決那漫無止境的心慌，阿超說他面對大海發呆的時間越來越長，站哨的夜裡會莫名其妙地想掉眼淚。

事情是怎麼發生的，我不太清楚。一九九九年一個初春的夜晚，我正在家裡苦背字彙，接到阿超的電話，說他休假，想到我這兒窩一晚。我當然二話不說就拿了機車鑰匙出門，去火車站接他，然後兩人一起到西門町去吃鴨肉。

「我跟若渝沒了。」阿超一邊咬著鴨肉，面無表情地說。我夾了一束麵條的手停在半空中，目瞪口呆。

「前陣子去石牌見她，她跟我坦白了。」阿超看都沒看我一眼，自顧自地說著，好像是在對他的鴨肉講話。

「完全沒有空間了？」

「沒了。」

之後，我倆陷入一段長長的沉默。

軍旅生涯寂寞而苦悶，我不知道在那些封閉單調的日子裡，基隆的海風和陰慘的天空，他是如何捱過漫漫長夜。我覺得很難過，卻不知道怎麼安慰他。我們就坐在騎樓邊不再說話，把一盤鴨肉和兩大碗麵吃得一乾二淨。周末夜晚西門町人來人往，燈紅酒綠，夜風吹來有點涼意，路過的人看起來都很高興，我知道沒人能體會阿超的心情。連我也不行。

隔天早晨下起大雨，我醒來時阿超已經不在房裡，去浴室盥洗時，見他站在陽台門邊，望著外面一片迷濛的水氣，叼著煙。那是我第一次見到他抽煙，細長的背影逆著光更顯孤獨，煙霧氤氳，襯著滂沱大雨。那一刻我覺得這個只大我一歲的男孩，好像瞬間老了十歲。

冒著雨，我送他去火車站，出發前兩人先在我家附近的「美而美」吃早餐。漢堡還沒上桌之前，阿超又點了一根煙，說出他在軍中的心情。

「去年深秋，我一個人在中部的新兵訓練中心當兵，空閒時，看看若渝寫來的信，感受字裡行間的溫度。提筆回信，腦中總想到張雨生的那首〈沒有煙抽的日子〉，不自覺就寫了下來。那時還沒染上抽煙的習慣，總以為能夠體會沒有她在身旁、和沒有煙的空虛無奈。同袍會探頭探腦來看我寫些什麼，我就拿給他看，跟他說那歌詞是王丹的詩，我只是借用。

天黑了，路無法延續到黎明；
我的思念一條條鋪在那個灰色小鎮的街頭，
你們似乎不太喜歡，沒有藍色的鴿子飛翔。

那時候就這樣子，對未來沒有期待、對生活沒有挑剔，只是對她

1990.00.00
陳昇．貪婪之歌

有種無處可去的思念，在每分每秒裡流竄著。

手裡沒有煙那就劃一根火柴吧，
去抽你的無奈，
去抽那永遠無法再來的一縷雨絲。
在你想起了我後，又沒有煙抽的日子，哦。

煙，是當時我的唯一依靠了。點一支煙，我知道思念的時間約五分鐘；若手裡沒有煙，我就不知道該思念多久才夠。玩玩打火機，或是劃一根火柴，讓火光隨著氣流在臉上搖曳，那麼在腦海裡的回憶，也就跟著擺盪，就像隨波逐流的水草一般，漂著……

跟她分手後，我真的學會了抽煙。但如今那煙霧裡飄盪的已經不只是思念那麼純粹，而是惆悵和遺憾了。」

火車站門前，我再度跟阿超道別。他戴了頂棒球帽，一身黑色T恤，一個雙肩Jansport背包，簡潔有力地跟我做了個告別的手勢，轉身朝台北車站川流不息的人潮而去。我坐在機車上看著他的背影遠去，看著他孤伶伶地走向茫然的未知，心裡也不知道是什麼滋味。

我們見面一直不算多，大學時代我在台北念書，他在台南，只有在每年陳昇的跨年演唱會，或幾場特別有意義的PUB演唱場子，他才會上台北來跟我們混。他去當兵之後，見面的機會當然更少，可每次見到他，我都覺得他變了不少。平時我們各自生活在毫不相

干的軌道上，各自在生命中尋找答案，可每次的短暫碰撞都能讓我有溫暖的感覺，有些朋友就算距離遠卻還是能感覺很近。

記得以前在媒體上看陳昇聊他人生最難忘的事情，他的答案是：當兵。他的第三張專輯《貪婪之歌》，滿溢軍旅生涯的孤獨和徬徨。我一直很高興自己是女生，我喜歡作為女生的一切，唯獨無法當兵是個遺憾。當過兵的男生會說，那是個「只能回憶，不能重來」的經驗，然而我總覺得人的一生中要經歷過那種孤寂、失去自我的階段，才能找到更清晰的自我。

當兵期間的阿超真的比以前憂鬱、沉默許多，在兵變衝擊、軍隊苦悶、心靈寂寞等重重磨難下，本來就不善表露心事的他，默默在內心裡築起一道標示「長大」的告示牌。

「只要你成長，就冷漠一些。」陳昇嘶啞著嗓子這樣唱。

阿超退伍時，我已赴美留學，沒能為他接風。二〇〇〇年暑假我留在學校上課沒回台灣，酷熱的午後收到他寄來的退伍令影印本，薄薄一紙白底黑字，記錄了他年少青春裡最刻骨銘心的一段歲月。信封裡有張信箋，打開來，是他瘦骨嶙峋的字跡：

Dear y：

終於回到我所熟悉的世界，如陳昇筆下那個慘綠少年，點一根長壽，向天真告別。南下的列車裡，乘著八級強風和滿身酒氣，渾噩之中我明白自己剩下的，也許就是一顆很少人懂，卻不肯完全鏽蝕的心。

突然間，對她的思念也失去了邊界。

一個多月前，當我從好漢波走下來的時候，我知道我告別了過去半年來的無知和荒誕。我承認對她存有不切實際的幻想，而且將那幻想繫在窗前，當風吹過的時候，好聽的鈴聲悅耳。現在我將那鈴解下，收進抽屜裡，並且告訴自己，這只是清晨醒來前的，最後一段零散的夢。於是於是，我在清晨的陽光中，幾乎忘了那個不知來由的夢。不知來由，也無須知其所終。幾天前收到她寄來的信，差點又要把我拉進那無邊無界的夢鄉，可我知道這次是誰也無法回頭了……

退伍那天，七月二日，阿超沒有跟同袍去喝酒狂歡，他一個人背起背包，離開滿佈鐵絲網的大門。當天下午六點，循著下部隊後第一次放假去找若渝的路線，阿超從金山坐公車去淡水，坐在堤防上看著對岸的八里，抽著煙，隨身聽裡播放陳昇的歌，不發一語。就這樣一直坐到晚上十一點，他趕去火車站搭最後一班夜車回中部老家，到達時天已經快亮了。他從火車站慢慢散步回家，到了家門前按電鈴，家人都還在睡覺，他說了一聲：「我回來了。」洗過澡，太陽出來了，阿超躺上床，在陳昇〈啊！陽光〉的旋律中沉沉入睡。當他再度醒來的時候，也就是這個世界重新為他運轉的時刻。

後來阿超寫給我的信裡，為這些故事作結，最後的兩句話是這樣：「因為她曾帶給我的快樂超過我的想像，因此她的離開所帶給我的痛苦，也就不是我一時之間所能承擔的了。」

啊，我的朋友，哪一段感情不是這樣呢？

而我們總還是必須這樣，在來來去去間，為命運尋找答案，並繼續地為彼此提供，奮力向前的安慰。

Chapter 06

人物特寫

流浪

是生命的本質（小平）

流浪是生命的本質（小平）

一九五八年　秋　第一次離家463公里遠　在另一個城市學習如何跌倒
二〇一三年　春　有人說這是人類的世界末日　很高興
一八九三年　夏　布萊希特誕生　重重影響我的爛腦子　很幹
一九六三年　冬　拿到了線鋸機　就這樣待著　像是命定
一九八九年　風　有點想嘗試死亡　Dionysos害的　我想
一九九三年　雨　蒲公英被雨淋濕了
西元二〇〇一年三月二十日　辛巳年　民國九十年　中原標準時間
PM09:43:33
台灣　台北　有人跟我說明天一定要交出經歷　所以我寫出這樣的
經歷

（取自小平BBS上的簽名檔）

小平教了我三件事：飛機雲、布萊希特，以及流浪。飛機雲是生活信仰，布萊希特是生存邏輯，流浪則是生命的必須。

在北國異鄉求學的日子，傍晚我喜歡在玉米田裡仰望半圓形的天空；在那淺藍澄淨的蒼穹中，總有一道道白色弧線劃過天際，縱橫交錯。那是飛

2002' 給小平的明信片

機在雲層間滑行過的痕跡，像是頑皮的小孩撥弄氣流，驕傲地在空中留下「到此一遊」的宣示。有時候飛機已經遠去，飛機雲卻仍在空中留戀不捨，細白的弧線逐漸擴散開，變成一道煙霧般的存在，點綴著無瑕的蔚藍。

此時，我總會想起小平的臉，那雙好奇的眼睛，想起他第一次在陽明山上指著飛機雲給我看的神情。水藍色天空裡，交錯著五、六條呈網狀的細白長雲，小平把頭抬得高高地看著藍天，對我說：「在旅行時，那是我的思念細縫，細縫裡藏著不可告人的心事，不斷延伸成生命的底片。」

後來我流浪到了遠方，陌生的土地上偶爾在晴朗日子裡抬頭看天空，看到幾道飛機雲，竟就跟看到老朋友一般，雀躍不已。才明白小平所說的關於思念細縫的意義，真的就像是化學鍵般的思念連結索，環環相扣，綿綿不盡。

我們都很喜歡陳昇的一首歌叫做〈No.4〉，喜歡它收錄在一張充滿著藍色氛圍的專輯裡，那份濃濃的寂寞和灑脫。每當聽到前奏的口琴聲緩緩竄出，一顆心就在胸腔裡提了起來，彷彿能懸到了九重天，盪在雲端上。小平第一封寫給我的信，興致勃勃地聊起〈No.4〉，此後我們便開始通信。他行蹤無定，是那種真正把流浪當作信仰的大男生；交情漸深之後我知道，用文字跟他的思維碰撞，總會比兩人見面時的那份沉默，要激烈精彩得多。

yijia：

還記得第一次聽這首〈No.4〉時，有點特別。

那種令人抓不出旋律的前奏，好像有種讓人驚訝的事要發生似的。慢慢地轉動著磁帶，漸漸有種明朗的興奮……

一切的吶喊都猶如夏天午後的悶雷慢慢釋放出來。

電吉他強烈擺動著，生產了很多讓人亢奮的聲音粒子，佈滿了空氣中所有的空間，想要把整個空氣再做一次激烈的化學反應……

口琴聲的悠揚，就像小時候看到天空中飛機飛過的飛機雲，那樣的高興，高高地飄在幾萬公尺的天空中。

小平

飛機雲是我們認識的起點，後來就成了溝通的媒介，即使我們離得很遠很遠，只要在晴朗的天空裡仰頭看飛機雲，我知道小平也會跟我有相同的心情。關於流浪，關於那些年少的不顧一切。

那年小平五專畢業，插大考進文化大學戲劇系電影組，住在陽明山腰上一間五、六坪大的學生公寓裡，牆上貼滿他拍的照片，一塊塊天空、海洋、飛機雲，拼成一片後現代圖畫。牆邊有把斑駁破舊的木吉他，陳昇的CD散了一地。我在仲夏夜去拜訪他，他帶我到草叢裡去追蹤螢火蟲，然後兩人坐在文大後山一塊突出的高地上看夜景，吃烤香腸。從蟬聲唧唧的山上俯望，四周一片寂靜，台北城繁華璀璨的光亮變得很渺茫，遠遠看去是個霧濛濛的橘黃色世界，明明滅滅，像滿地墜落的星子。

我常在不事先通知的情況下突然造訪他陽明山的住所，他也從不抱怨，只帶著我踏出房門就往山上而去。半夜裡，寒風凜冽的擎天崗上沒有光害，漆黑的草原更像是無邊無際的夢

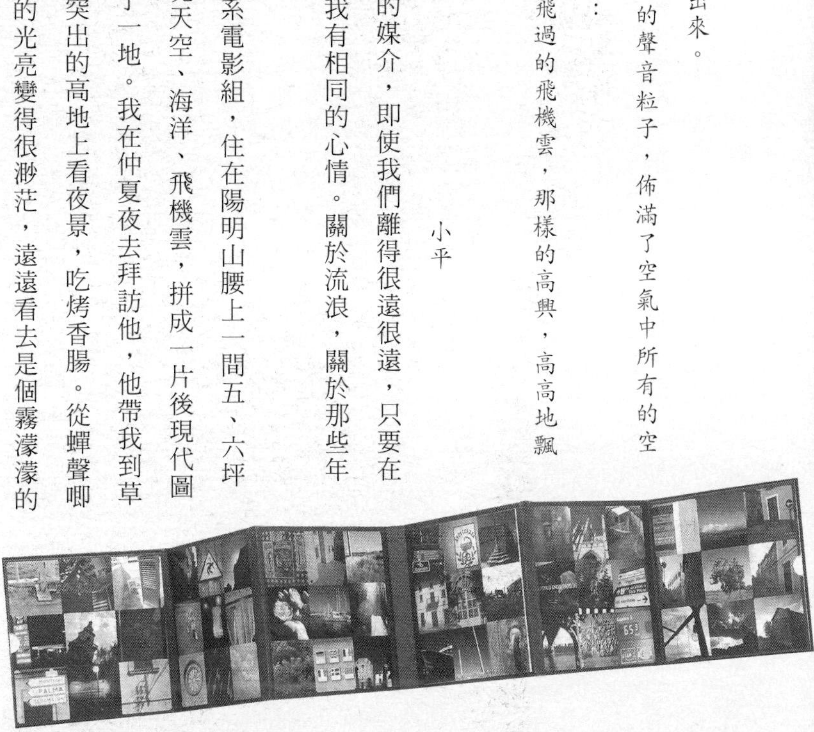

境，騎著機車沿山路蜿蜒而上，越騎越有走向鬼門關的感覺。然而我們貪圖的就是那份未知吧！二十出頭的年紀，只想跟別人有些不同，此時不要說鬼門關，就算是地獄也都不顧一切地闖了。白天這世界總顯得蕪雜，只在夜深人靜時，我們可以擁有天地。躺在擎天崗的大草原上看星星，心中所牽繫的一切事情，似乎都近了許多。

我和小平最讓彼此感到親切的地方，是我們都生長於南台灣。這在其他昇迷朋友中是比較少見的背景。我們相信南台灣的孩子常有些共通特質：質樸、開朗、自由自在。因為南部的陽光總是燦爛耀眼，空氣中好像飄浮著無數明亮的分子，讓人瞇著眼時會產生朦朧的錯覺，錯覺自己活在某種歡愉的夢境裡。城市中大部分的路都筆直寬敞，氣派不可一世，走在路上心境會覺得開闊，藍天白雲底下沒什麼大不了的事。南部人的笑容是一種天寬地闊，慵懶、閒適，沒有侷促。

其實我很喜歡大台北生活的精彩多變，喜歡那豐富的文化資源、五光十色的夜生活，但每當回到高雄時，總會覺得比較像自己。十八歲以後的日子多在北部度過，那城市的豐富深深吸引了我，甚至可以給我生命的動力；然而能停駐在我內心深處的土地，還是那終年陽光普照的港都。

這樣的心情，到了台北跟誰說都沒共鳴，但我知道小平懂了。

我們倆常沒太多話，只一起騎車去看看山，看看海，就彷彿什麼都對彼此說盡了。沒表達出來的，就寫信。雖然從不當面明說，彼此是心照不宣，在暗中較勁流浪的距離、飆車的里程數以及夢想的長度。

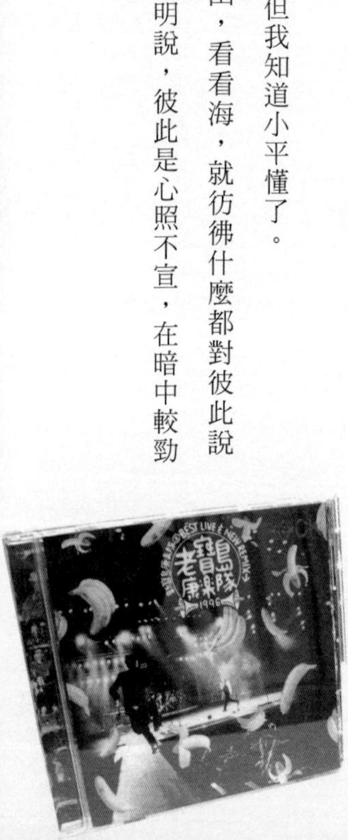

1996.00.00
陳昇・老寶島康樂隊(精選Live現場實錄)

小平有著天馬行空的思維，總是可以讓生活過得很自在。昇迷朋友習慣在陳昇的PUB演唱會裡相約狂歡，小平永遠不承諾出席，卻常出其不意地出現。有一次他從屏東老家上台北，拎著兩大袋蓮霧直接闖進煙霧瀰漫的PUB，大刺刺地丟在滿是啤酒瓶的桌上讓大家搶食。彼時陳昇和阿煜正在台上賣力唱〈多情兄〉、跳著恰恰，「港邊又吹來冷風，咱來走著輕鬆的腳步……」我們在台下大快朵頤啃蓮霧，用那酸甜的南台灣滋味下酒，聽歌。

文大畢業後，小平在台北做攝影助理打拚了一年，經歷一段曲折的感情，沒聽他怎麼描述那過程，但我知道他很在乎。一年後，感情結束，他決定回到家鄉屏東，在小學裡當代課老師，過他的恬適生活。我問他真正離開的原因是什麼，他以布萊希特的「疏離」來解釋回憶和思念，以無比哲學的思考告訴我說，他已經溶在過去、現在和未來的中間點，再也分不清是哪一個空間影響了他。他想疏離自己的感覺，如同看電視時想哭卻忍住眼淚，疏離了空間也許就疏離了心情。

小平終年背著一個已經破舊不堪的灰色單肩背包，爛到連也習慣用舊背包的我都看不下去了，每次說要買個新背包送他，總被他拒絕，說是舊的東西有感情、有靈性。離開台北那天，他還是背著那舊背包，在火車站月台笑笑地對我說：「當年我怎麼上來的，現在也就怎麼回去。」

回屏東後，小平跟我們台北的昇迷也就中斷聯繫。我和他的聯絡又回到文字。

yijia：

前陣子，我跟另一位同學，一起聊著現在同學和過去同學和未來同學的畫面，有些畫面依然清晰得很，有些卻早已遺忘了。

在聊天中 覺得已經長大多了。可是在遇到某些事還是有點不知所措，友情、愛情、親情、課業、事業……

整個房子都充滿Bobby的聲音，朋友說，要聽〈二十歲的眼淚〉，我問著有啥特別感覺嗎？他笑著說，就是喜歡那種感覺。

我想，我們都在那年，經歷了一些特別且感動的事吧！所以總是很清楚的記得那些畫面。我想這歌，放個二、三十年還是清晰的，或許是可以放一輩子的……

之後三個人跑去了東港看海，一路上都是屏東特有的味道和溫度。車上的聲音是討論著未來的事，畫面很多，有些清晰，有些早已遺忘。

在當兵的同學放了個很趕很不休閒的週末，說他已經被空特的部隊選上了。真替他高興，想著可以在地球外海流浪個幾秒鐘，然後再像蒲公英那樣地著陸，要不是有著所謂的牛頓定律，我想，要流浪一輩子也不怎麼困難的。回到故鄉和回到陸地上，好像都是流浪的宿命吧！想逃，又有種反抗的不願。蒲公英一定也有玩膩於天空的時候吧！候鳥也一定要回到陸地上休息和覓食吧！

至於遊子能不能回到故鄉，這就無解了……

念大學四年，我一直都覺得自己在台北流浪，流浪在我居住的城市裡。遊子的身分變成十八歲以後的宿命，從來沒想過幾時能回到南台灣。後來出國念書，整個台灣就變成了故

1998.00.00

陳昇・魔鬼的情詩 II／精選集(明年還愛我嗎)

鄉，心裡面也再也不分南北了。一年中難得有幾天踏上台灣的土地，台北也好，高雄也罷，都讓我感到溫暖欣喜。小平寫來的這封信，像是預知我的宿命似地，他在他出生的土地上，神定氣閒地跟我說：「遊子能不能回到故鄉，這就無解了。」

大四畢業後我決定去美國念書，所有朋友之中，倒像是小平最感到不捨。他說，他知道我這不安定的傢伙，是終究要走上漂泊的命運的，然而小平仍覺得好難想像那連坐飛機都要花上快一天的地方，去到了那裡，人會變成什麼形狀？「流浪需要點自私。」他在臨別祝福的卡片上寫了這句話給我，算是有點怨懟的鼓勵吧？他想送我一幅畫，問我希望看到什麼，我說：「快樂。」

臨行前一天夜裡九點，小平騎車從屏東來高雄替我餞行，約在我家附近的一間水族館。他指著水族箱裡那一撮撮碧綠繁盛、悠悠漂動的水草，示意我湊近去看。明亮的燈光下，我看到那一叢叢細小的水草枝葉裡，點綴了無數晶瑩剔透的小氣泡，可愛極了！魚兒在水草間穿梭游泳，小氣泡有時會隨著水波漂移，有時在瞬間消失不見，整個水草叢裡晶晶亮亮的，彷彿魚兒的世外桃源。可這一切景象，都得把臉貼近玻璃才能看得清楚，那是個極小的水中世界。

「感覺怎麼樣？」小平問。我抬起頭，想也不想就脫口而出：「很快樂！」他也樂了，拿出之前承諾要送給我的一幅畫，畫中是淡綠的水草和氣泡。「要快樂！」他用很堅定的眼神

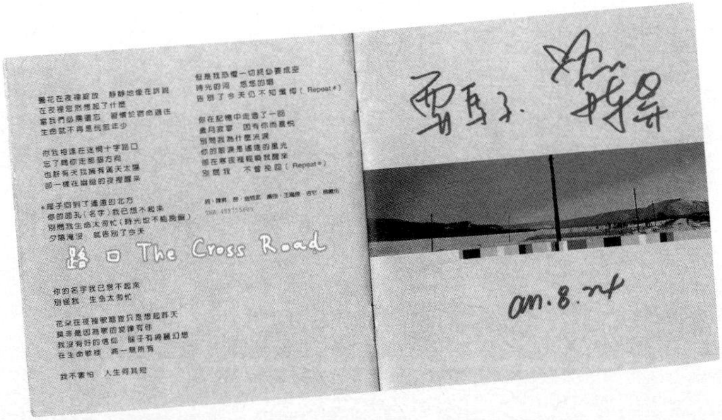

凝視著我。我對他笑了笑，點點頭。

跨上機車，小平在街角拐個彎，很快地消失在夜幕中。我站在家門口跟他揮手，我們就這樣，做了兄弟式的道別。

大學時代，我的機車里程數始終維持四百多公里的小幅度領先，小平緊追在後，怎麼也無法超越。我出國念書之後，留下六萬多公里的紀錄，把機車留給一個固定上下班的朋友，每天只增加二十公里。小平用了幾個月追上我的紀錄，且更奮力往前邁進，在他破七萬那天，寫了封信給我。

yijia：

在台三線的尾端往北，我知道我的距離即將在幾公里後，會突破七開頭的累積。我緩慢的視線，盡可能地在視線裡讓所有顏色去吸附……

我不知道這樣對我而言是好，或者是壞；但，總覺得，數字對我而言，是迷惑的。我找不到開始的點，也望不到結束的點。這樣的空間和時間，是最讓人痛苦。

該套句話吧：管他的！

但難過的卻也在這句話的尾聲之後浮現……

好像，在隱約之中，這些時空的累積是可以預期的。知道已經過了多久、愛了多久，也哭了多久。那麼長大不長大，是否還是個問題？或者，是否還問這個問題？我都不知道了。就像被人問了「你還有夢嗎？」那樣地啞了口。

里程表依舊慢慢轉動，它是最幸福的。一切的世界就只在轉動之間，得到驕傲，除此之外，就沒有了所謂可以讓它啞了口的問題。

因為它是如此堅定它的信念而活著。

這好諷刺。

人生的問題和解答，在當下都又迷惑或者堅定。兩極之間的中間點在哪？站在中間點，可以看到兩極點嗎？還是只要一轉頭，你就像老師「偏袒」功課好的學生那樣，給予對方好感……

最後，我還是沒有看到里程表轉成七〇〇〇〇公里的瞬間。

我有失去什麼嗎？

我在安全帽裡傻笑，好像真的期待的，都會悄悄的溜走，甚至帶點輕視的眼光，說：「就是不想讓你看到，怎樣！」

我知道，所有的轉動都依舊不停。即使，我停止了，還是驕傲的轉動著。

小平

收到信時，是我在異鄉求學最苦悶的一段時光。因為沒錢買汽車，公車也不是頂方便，冬天在雪地裡更加無法騎腳踏車，每天的生活空間僅限於學校附近方圓一兩公里的地方，跟以前在台北，隨時跨上機車就飆去三十公里外的淡水時的那種光景，大不相同。

讀著小平的來信，我想像他騎著那輛歷盡風霜、掉漆嚴重的淺藍色迅光，以八十公里時速馳騁在台三線上，沙塵於身後狂狂捲起，他瞇起眼睛，在里程表由「69999」轉為「70000」

的那一瞬間，露出得意的笑容……

我也笑了。因為我感覺，那里程表上不斷累積的數字，也彷彿像是我們認識之後，不斷累積的歲月，豐富了生命，也豐富了彼此的友誼。

［小平的信］

To：漂泊信天翁

From：希望能摸到鯨鯊身上所穿的藍底白圓點T-shirt的男孩

我知道妳能收到這封訊息，是不簡單的，就連這張Postcard本身也驕傲起來，它跑了大半個地球，像是可以尋找什麼的冒險旅程地遇見妳，肯定可以說很多故事給妳聽。

可惜的是，我連一個平地般的故事都找不出來送給妳，可以的話，是那種可以當作通關密語般的暗號。像是一收到那些字扭曲且擠滿卡片的瞬間，就能意識出男孩所給予的關心。或者這樣講，像是聽跨年演唱會，在兩個四分之三音符的瞬間就知道舞台上那位男人的心情故事。

我們都忘不了吧！那些故事、那些光影，即使聲音都全然消失，我們依舊清晰地可以在彼此的心底唱出那些歌。

那天上課，跟小朋友們說著妳旅行的事，說著，妳開著時速一百二十公里的擋風玻璃前的景象，在經過了兩個小時後，依舊如此，有種停格似地無法前進的驕傲。小朋友們的眼睛都睜得大，像是透明的玻璃，也把我丟到妳看到的景色當中。小朋友七嘴八舌地提問題，我只能對著他們苦笑說：「我再去問問我那位愛旅行的朋友吧！」

妳應該是停不下來了，那天我在圖書館找到一本關於飛行的事，書上說世界上有一種動物可以一年都不用回到陸地，牠的名字叫漂泊信天翁，是信天翁種類中最大隻的，翅膀張開可以到三公尺，一輩子都生活在海上，應該是說飛行在海上。妳看，像不像妳，名字裡都有漂泊，就注定那樣似的生活。我看了牠的學名：Diomedea exulans。

我有時擔心自己在夜裡莫名地醒來，聽到在幾萬呎的高空中，過境客機的引擎聲，那是一種很清醒的痛楚。是夜裡靈魂被悄悄帶走，轉身時你看著自己熟睡的身子，只剩自己在夢裡流淚著，淚裡有暈開的飛機雲。那時想找首歌來聽都模糊極了。

今年的跨年又要食言了，好不容易妳可以回到陸地的日子，我卻抓不住，能否在妳的羽毛上寫下什麼，或者捎些海風的味道，好讓我了解漂泊的註定，是只剩海的聲音還是妳心裡那些歌的情緒。

不用再約定了吧！若經過我這邊，就撒下些羽毛吧。

Chapter 07

人物特寫

離開

是為了重聚

離開是為了重聚（俊平）

寫這篇文章的時候，我打了通電話給a，跟她說，不知如何下筆。我們曾有的那些故事，都很單純、很平凡、很瑣碎，不外乎一起去聽陳昇演唱會、一起上陽明山、一起看電影、一起徹夜長談、一起嬉笑怒罵、一起吃喝玩樂，跟所有好朋友一起做的事情都一樣，簡直是不足為外人道。可我總覺得不甘心，因為a對我而言，是很不一樣的。如果沒有她，我人生有好長一段歲月都要重寫。我好想告訴別人她有多麼不一樣，我氣自己寫不出她的獨特。

電話那頭，a還是那樣淡淡地，什麼都不掛心似地，告訴我，就自然地、隨緣地寫吧。我們曾有的那些點點滴滴，真的不是用文字就能完全表達出來的。就算我寫得再天花亂墜、血肉橫飛，我們之間的感覺還是只有我們自己知道。如同那年初夏我倆流浪到台灣東岸一個叫做富里的小鎮，度過三天與世隔絕、在豔陽下的岩石海岸吃生魚片喝啤酒的日子，整個旅程完全沒有驚豔之處，簡單到就像是某天早上起來你忽然想到附近的公園散步，搭上巴士就去了，然後散完步也就回家了，跟生活中每一件逛街買菜喝咖啡的細節都一樣平凡。然而，表面上毫無新意的旅程，對我們而言卻是幸福溫暖的一次脫軌；富里那樣一個名不見經傳的小城鎮，在我們記憶裡卻比什麼紐約、巴黎都還美麗迷人。

人與人之間有些心靈相契合的感覺、有些靈光乍現的片刻，是事後怎麼也無法描述出來

人物 俊平

的。這我知道，我真的都知道。每晚有多少人在椰林大道上騎腳踏車，每個午後有多少人在台大小小福旁排隊買雞排，每個週末有多少人在士林夜市散步吃鐵板燒，我和a的相處也就不過跟這些「多少人」都一樣，有什麼好說的？

然而我更知道，這些簡單的小事，卻因為我和a這樣個性完全不相同的兩個人，而變得不一樣。那是屬於我們的記憶。

也許我終究得用一種破碎的方式來說我和a的故事，然而可能你會同意，人生的組成，其實也就是無數個破碎的片段。

二十歲生日那天，初夏五月裡某個平凡的星期二，大清早，a陪著我一起蹺了課，兩人背著輕便的行李，到台北火車站搭上往瑞芳的列車，往九份而去。

那是我生平第一次去九份。對於九份，昇迷朋友們都聽過一個古老的「傳說」：有一年（應該是一九九四吧）陳昇和阿煜，加上古早時期成員簡單的恨情歌樂團以及前來相助的China Blue樂團，曾在那群山圍繞的九份欽賢國中操場上，舉辦一場不大不小的演唱會。由於年代久遠，當時陳昇的現場演唱也還沒打開知名度，我們這群昇迷有幸參與者極少，所以每當大家聊起這場演唱會，都會不自覺瞇起眼睛，想像著一個風大的夜晚，一個浪蕩的歌手，一群愛好自然的聽眾，共同在〈擁擠的樂園〉歌聲裡，迎著夜風，搖頭晃腦地度過美好時光……這場在九份的演唱會，成為我們心目中的傳奇。

我想我一輩子都會為了這個錯過而遺憾。然而生命中有太多事情，一旦錯過，就再也沒有機會重來。只是為了跟自己交代吧，在二十歲生日那天，我決定走一趟「人去場

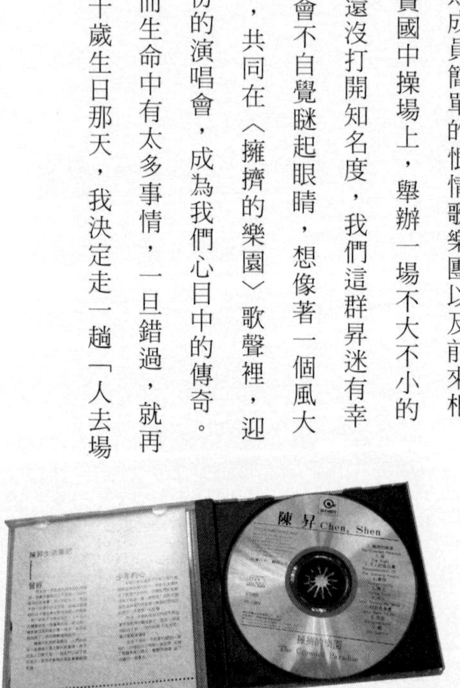

1988.00.00
陳昇・擁擠的樂園

空」的九份，當作是給自己的成年禮。

是個陽光耀眼的好天氣，我們先上火車、再搭公車，穿過山，經過海，往寶島的北端而去。窗外景物不斷向後推移，初夏的微風讓人醺醺然，慢慢地就離城市越來越遠。輾轉到了九份，沿著通向九份國小的那條老街，拾級而上。石板拼成的階梯，沉默的古老建築陳列兩旁，許是因為非假日，遊客不多，漫步在小徑上很有種忙裡偷閒的喜悅。烈日當空，天空與海水都是湛藍的，我們買了碗芋圓加蕃薯圓冰，並肩坐在九份國小大門前的台階上，俯瞰著東北角。頭頂是藍天，腳下是霧氣迷濛的海洋，背後隱隱傳來小學生的喧嘩，耳邊有呼呼的風聲。

「這地方以前有演唱會，真難想像。而且聽說陳昇和小楊、家駒半夜還跑來九份國小打籃球。」a嘴裡咬著芋圓，語氣裡有些遺憾。

「是啊，詭異。」我轉頭看看操場上，孤獨的兩座籃球架，屹立在空曠的廣場裡。

「那是什麼樣的生活啊？半夜裡幾個大男人，跑到九份國小裡打籃球！」

「我覺得我好像有點懂耶。其實很多時候，我們都活在一個自己給自己設下的框框裡而不自覺。究竟是誰規定的，晚上十二點以前一定要熄燈睡覺，打籃球非得在光天化日之下？偶爾做一件脫離常軌的事，是讓自己舒服。半夜裡想在這能吹到海風的半山腰打籃球，有何不可？說穿了，也沒啥奇怪的啊！只是想到了，就去做，反正，可也真沒礙著誰。」

a笑了，沈默了一會兒。

「y，以後跟他一起上山下海吧！」

「嗯，好啊。」我很用力地點點頭。

不知道這可不可以算是，二十歲的約定。

夕陽西下的時候，我們站在一條蜿蜒的山道上，破敗的涼亭裡，各自寫了張明信片，寄給自己。我還想寫一張給a，她說不准，我也沒堅持。回台北幾天後，就收到她當時瞞著我偷偷寫的明信片，那天風很大，我們帶的筆又很爛，字跡有點歪斜：

Dear y：

不讓妳寫給我是因為這是屬於妳的日子。

下個月我就要踏入社會了，心裡面是期待又緊張。但真的很高興，能跟妳走一趟九份，看到許久不見的橘紅色夕陽。其實我也分不清，到底是我陪妳來過生日，還是妳陪我來告別學生時代了。

不過這也不重要，總之，不要忘了我們的約定喔！要繼續跟昇哥一起上山下海！

airial 1997.5.13

a先我一步走入了社會，告別我們那些不顧一切追著陳昇跑的日子。她大我三歲，讀政大俄文系，射手座。我們因為喜愛陳昇而結識，因為結伴跑遍陳昇在台灣各地的演唱會而交情日篤，也曾經一起對某階段的陳昇感到

發呆天地BBS陳昇版的第二代版服，背面。由「恨情歌工作坊」BBS站的站長phinex 設計。

失望，最後發現我們的生活裡，再也化不開那些跟陳昇有關的點點滴滴。

大學畢業的幾年以後，a在紐約拿到MBA學位，留在那邊工作，我則到了美國中部的小城讀書，生活是日復一日瑣事翻攪的現實處境，我們再也沒有心情為了一個簽名去排隊一整天，也無法像以前那樣繞著全台灣追逐一個歌手的演唱會；然而兩人偶爾電話裡聊起那段大學時期的往事，仍還是一種根深柢固的回憶心情。

其實我記不得究竟跟a是怎麼熟起來的，但卻忘不了，在我們接觸的第一天，她那種對人自然散發出關懷的氣質，那是心地很善良的人才會有的氣質。

那是BBS上「擁擠的樂園」陳昇版開張沒多久，某天，在台南念書的旭東上台北出差，咱三個「開版元老」終於有機會碰頭。我們約台大附近吃晚餐，傍晚我在國父紀念館，打電話請a來接我，不知怎地就聊了起來。奇怪我們才第一次講話，我卻覺得很自在，劈哩啪啦地什麼都扯上了，從幼稚園一直到大學的瑣碎回憶，講得鉅細靡遺，還包括小學時代跟人打紙牌，結果輸掉整瓶彈珠而哭了一整天的無聊事。

後來，大概是出於一種年少的愛炫心態，企圖想讓一個陌生人另眼相看，我又提起自己

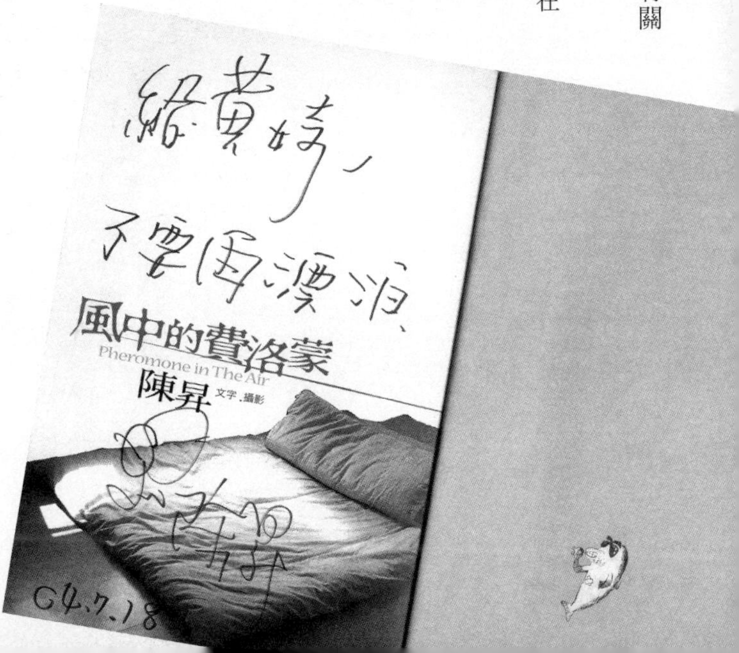

一個人，花了三天騎機車從台北到高雄的經驗。以往我跟別人說起這件事時，多半會換來欽佩或驚訝的反應，那讓我感到得意；然而，a卻不一樣。

「騎機車到高雄？妳騎了多久啊？」

「整整三天！」

「妳一個人嗎？」

「嘿嘿，沒錯，就是一個人。」

「有跟妳爸媽講嗎？他們不會擔心喔？」

「有講啊，本來他們也很反對，可是我很堅持，他們也沒辦法，而且我說很多大學生都這樣玩，我已經不是小孩子了。後來我爸就要求我每天都要打電話回家。」

「那妳打了沒？」

「ㄟ，打了一次。」

「一次怎麼夠？三天耶！」

「我要騎機車，還要玩，很忙ㄟ！而且我覺得三天根本沒什麼，後來還不是安全到家，毛都沒少一根。」

「妳……」

「怎麼了？」

「嗯……」

「有話就說，沒關係啊！」

「ㄟ……」

「說啦！」

「嗯，我覺得妳很任性。」

「嗄？」

「妳自己愛玩，可是都想不到別人會擔心妳。這樣子真的很任性耶！」

在話筒的這一端，我愣住了。其實a說的話雖然在情在理，卻並不新鮮，誰不明白這道理，只是從沒想認真去面對罷了。真正讓我感到驚愕的，是一個素未謀面的「網友」，竟然會在我們第一次通電話時，那麼直接地說出這些略帶責備的話。

掛上電話之後，走出國父紀念館巍峨的大門，看著廣場上衣著五顏六色、放著風箏的人們，我竟然不由自主地笑了。當時心裡有種奇特的感覺，好像是預感，在這茫茫人海中，我又找到了一個知心朋友。

我是個任性小孩，在幸福的家庭裡長大，在平順的環境中讀書求學，人生中沒遇過幾次心想事不成的窘境。從小到大，好朋友們與我相處時最主要的任務，就是容忍我的任性。但a不只是這樣。對於我的任性，她不只是容忍，更是配合與諒解，再適時把脫序的我拉回軌道上。她一直扮演著介於長輩與平輩之間的角色，在我胡鬧耍脾氣時靜靜聽我說話，在我追逐陳昇演唱會時陪著我一起瘋，在我午夜於KTV喝得大醉之後載我回家，更在我對未來徬徨無助時給予最溫暖的鼓勵。

2000.00.00

陳昇・思念人之屋

我喜歡跟a說話，喜歡與她聊我自己的一切，私密的、感動的、猶豫的、夢想的，無所不聊。我知道她會聽，會關心，會跟我一起思索解決困難或面對問題的方法，更重要的是，她會給我面對人生的勇氣。

我總覺得，一個好朋友的最珍貴之處，除了真情流露的關心，就是給人面對人生的勇氣。

接下來的兩年裡，和a結伴跑遍台灣許多城市以外的角落，山上、海邊、小溪、叢林，有時候是為了聽陳昇演唱會，有時則只單純想去玩。在陳昇的「帶領」之下，我們想玩的地方越來越多，對於寶島上的山啊海啊都日益產生興趣。在二十歲剛出頭的年紀，很多嚴肅的事情好像都不太重要，每天四處閒晃，三五好友混在一起，只要日子過得自在，就很高興。

平常的時候，如果不出城，西門町的電影院便是我們流連之所。那幾年大約是台北各種小型非主流影展開始發展的時期，慢慢聚集起一些愛電影的人，中影的「真善美」電影院是主要基地之一。在那銀幕只比家裡電視大不了多少的戲院裡，我陪a看拉斯馮提爾的《破浪而出》，她在旁邊哭得淅哩嘩啦、整個人不停地抽搐，我卻一知半解、昏昏欲睡，不習慣那影片色調的生冷。即使後來a解釋她哭泣的理由是為了故事角色的那份畸形的愛，為了人生裡好殘酷的無奈，我仍沒有懂，卻有別的感動：有個朋友能在自己面前這樣哭得不顧形象。

一直要到了很多年以後，愛過幾個人，受過幾次傷，我終於懂得了那點無奈，電影卻再也沒勇氣重看一次，想哭，也哭不出來了。

大概是那次在戲院裡看「藝術片」而哭上了癮，我們又決定買金馬國際影展的票，於是漏夜去南京東路的何嘉仁門口排隊，跟系上幾個同學接力，排十幾個小時等售票系統打開搶票。那一次看了不少電影，對劇場很有興趣的a最愛艾爾帕西諾的《尋找理查》，看完了之後就天天在我旁邊念，說好喜歡好喜歡。然而很不幸地，這又是另外一部我一知半解的電影，我依然靠在椅背上昏昏欲睡，只是高興著看完片之後兩人可以一起去吃阿宗麵線。

我想我是個俗人，還是習慣好萊塢那些什麼「Man」的電影，像是Superman、X-Man、Batman、Spider-Man等等會比較適合我，而且我看了都很感動。這個定律屢試不爽，某次看羅賓威廉斯的Bicentennial Man（《變人》）哭到不行，卻變成了a無法了解我的心情。但我們都還是很樂意陪彼此去看電影，即使難免會帶著疑惑。有一次去西門町的國賓排很久的隊看《搶救雷恩大兵》，不小心買到喇叭旁邊的座位，開場那四十分鐘的登陸大戰，銀幕上槍砲子彈拚命地轟炸，手腳斷肢瘋狂地飛散，震耳欲聾的炸藥聲在我們耳邊響個不停，天旋地轉，我看得是血脈賁張、感動莫名，但最後一旁的a終於忍不住湊近我耳邊問：「y，他們怎麼一直都打不完？」

除了聽演唱會、看電影以及遊山玩水，我們還很愛講電話。頗奇怪，兩人都在台北，也常常見面，卻還是一接上線就捨不得掛電話。那時候a住政大九舍，電話有三分鐘限制，時間一到就自動切掉。因此在我們動輒一兩小時的談話過程裡，我得不斷重複打給她，或者她打給我，我們的對話就常常循環著「嗨，又是我」、「等等，時間到了，我再打一次」、「等

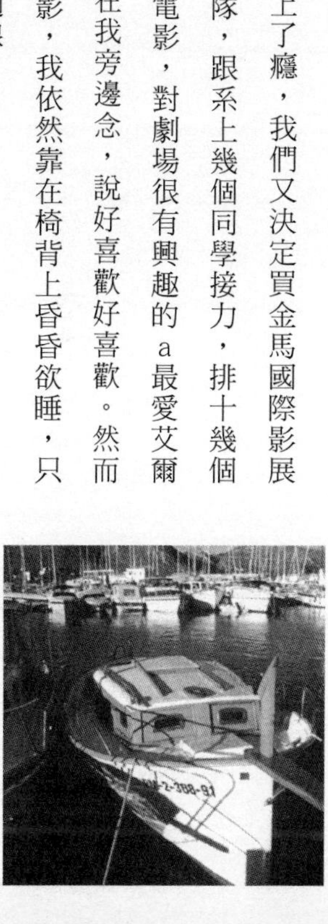

離開 是不是要「離開」這個歌手……

一下還打不打？」、「再斷我就不打囉」這樣的台詞。

總是在電話裡如此鍥而不捨，有什麼非講不可的事嗎？好像也沒有。聊天的內容往往很瑣碎，不外乎聽了陳昇最近哪場演唱會的心得、BBS上的新鮮事、又蹺了幾堂課、期末報告沒靈感或者計畫去哪裡玩之類的。

話講多了，就難免會吵架，可吵架的原因其實常常很好笑。有一次放假我回高雄，發現家裡的兔子被老爸送給別人，心裡覺得很難過，於是打電話給a哭訴，她當時可能在忙別的事，順口回我一句：「有那麼嚴重嗎？很快就會習慣了！」

我當場氣到不行，立刻忘記了兔子離我而去的傷悲，轉而開始跟a理論：「一隻兔子的離去，對妳而言，當然不會有任何意義，妳又不認識那隻兔子，妳又沒養了牠三年，妳又不像我，每次回高雄第一個想見的就是我的小兔，我知道妳不懂，可妳怎麼連一句隨便安慰的話都不說，生命中那樣一份牽繫的斷裂，真的能那麼輕易習慣嗎？生離死別，妳知道我一向最難去習慣這種事啊！妳的反應怎麼可以那麼冷漠。」

a大概是被我的連珠砲嚇到了，愣在話筒那一頭，接不上話。我也驚訝自己會有那麼大的反應。最後這通電話當然不歡而散。後來才慢慢明白，那樣的思維其實隱藏了我性格中在這一生所必須面對的課題：因為總是無法習慣「離開」，所以一旦面對就產生焦慮，即使只是片刻也讓我感覺好像世界末日，我老覺得總有一天一切都會消失，只剩下我一個人孤獨地面對天地。

我和a的友誼當然沒在吵架中斷絕。朋友之間的鬥嘴，是增進彼此了解的必要途徑。然而我也無法去阻止生命中「離開」這件事情的不斷發生，大學畢業後我赴美留學，終於結束了瘋狂追逐陳昇演唱會的日子，也結束了我和a無憂無慮的青春歲月。

在那些最瘋狂的年歲裡，我們都曾對陳昇有複雜的情結。迷戀過偶像的人大約都有過類似心情吧。因為好喜歡某一時期陳昇的音樂，於是希望他往後都能做出符合我們期待的作品，可也許我們忘記了，時間在走，世界在變，人也會變。四十歲的陳昇如果還停留在三十歲的思維，那他過去十年豈不都白活了。

然而那時我們才剛剛開始看到世界，滿腔的熱誠，把一切事情都想得好單純，希望陳昇一定要不斷寫出像〈貪婪之歌〉那樣的作品才是做他自己，希望陳昇不要主持電視節目否則太譁眾取寵，希望陳昇不可以太紅免得我們不再能近距離聽他的演唱，希望陳昇不要拍廣告不然就不再單純只是個歌者，希望……一大堆的希望，陳昇若達不成這些希望，我們就開始鬱悶，在網路上哀嘆逝去的過往，並瘋狂地討論是不是要「離開」這個歌手……

直到時間不理會我們的苦惱而繼續義無反顧地流逝，直到畢業後我們都開始必須為現實妥協，我和a終於了解，其實一個人需要面對的只是他對自己的希望。而離開，也往往不是選擇，而是生命的必然。茫茫人海，滔滔濁世，再多的希望和期待，陳昇終究還是陳昇，我們也還是我們。

a陪我經歷焦慮的「大四症候群」，我開始提起精神面對GRE考試，準備出國念書。那陣子壓力很大，無法確定自己的選擇，也看不到未來，a到住處來陪我度過無數個失眠夜，她告訴我，真的知道那是自己想要的，就努力給他考好吧。

終於，我如願申請到美國的學校，準備和自己順遂的過往告別。a依舊在社會裡浮沉，換了幾家公司，忙碌地貢獻心力，鼓勵自己要用心過每一天，以她一貫的熱情，堅持我們這樣的小人物的卑微理想。

離開台灣赴美留學那天，在機場與爸媽灑淚揮別。a本來已經在電話裡與我告別無數次，當天卻突然出現在機場大廳。她說早上醒來想一想，覺得還是想送我走，於是跟公司請半天假，搭了飛機就從台北直衝當時正狂風暴雨的高雄，送我一程。

我一個人背著沉重行李，走過窄小的偵測門，回頭跟a揮了揮手，轉身離開這島嶼上的一切熟悉。

於是那些最精彩的故事，好像就隨著我大學時代的結束而斷裂。

兩年後我再回到台灣，a卻已經出國念書，我們依然分隔遙遠的兩地。陳昇演唱會我也已錯過太多，台下的歌迷跟以前不太一樣，恨情歌樂團的成員也都換了。我欽佩陳昇仍在堅持著他的音樂及他的表演，但我卻再也沒辦法找回曾有的感覺。我在夜裡打電話給紐約的a，以淡然的心情告訴她我的惆悵。

隔著千山萬水，我們聊了整夜都捨不得斷線，從自己的人生聊到別人的人生，終於兩人又回到像大學時代那樣，用電話聯絡感情的日子。離開是為了重聚，突然我開始有點明白這樣的道理。只是心裡也清楚知道，當現在追隨陳昇的歌迷我們都再也不熟悉，當聽一場演唱會都得考慮時間、金錢和心情，我們那些一起瘋狂跟著陳昇一起上山下海的歲月，那些西門町看電影吃阿宗麵線的自在，大約是再也回不去了。

離開是為了重聚……

Chapter 08

人物特寫

我們是一群

狗屁倒灶的昇迷-人物誌

昇迷人物誌

Arny

他寫過一篇文章叫做〈成就不該是如此的陳昇〉，我驚為天人。他曾經很想幫陳昇賣唱片，但是最後他跑去賣咖啡。我曾到他的住處拜訪他，書櫃佈滿了整面牆，上面陳列著七、八種版本的《紅樓夢》，他說他每一種都研究過，差異甚大。他還告訴我他認為哪一段哪一句不是曹雪芹寫的。房間的另一邊是一堆高級電器：十九吋螢幕電腦（在當時還很稀有）、液晶電視、黑膠唱片音響，他放林暐哲那張絕版的《BABOO新台幣》給我聽，說實在很屌；然後他泡他獨家研製的卡布其諾給我喝，入口有四、五種層次的滋味，我說這也實在很屌。

bobbylai

八月天，墾丁演唱會的時候，他戴著墨鏡，頭上綁著頭巾，腳上踩著拖鞋，一手提了個大冰筒，裡面裝滿台灣啤酒，另一手扛了把沙灘椅，在所有瘋狂觀眾後方的空曠處，好整以暇地坐下來。星光下，他遙遙望著舞台上唱得大汗淋漓的陳昇，閒適地坐著，一手拿把扇子納涼，另一手從冰筒裡拿出一罐啤酒，高高舉起來向著陳昇：「嘿，乾杯吧！」眼神裡有種豪邁，但也不知道他是在對著陳昇說，還是對他自己說。

朋友儀雯當時在幫昇版設計版服時，畫陳昇的第一個版本。後來沒有使用。

como

他從十二歲就一直住在美國，但他每年都回來聽陳昇的跨年演唱會。我會幫他買票，冬天的時候等他回台灣，我們就約在麥當勞裡，一手交錢、一手交貨。他有一張可愛的圓圓臉，笑起來很像Totoro。每年我都看到他的轉變。第一年他理個平頭來見我，熱切地說他好想好想去當個軍人；第二年他變成了大光頭，一直在學佛，說他很想出家去修行，但是媽媽不同意，希望他先歷練人生；第三年他的頭髮長了準備要結婚，帶著女朋友去聽跨年，中途離開了，因為女朋友身體不舒服。他結婚之後我去洛杉磯他的新家，看到那儉樸的擺設，溫暖的小家庭，真真是覺得啊，恍如隔世。

holden

從來沒當面見過他，可是一直很尊敬他。大學時代最愛跟他在網路上聊天，聽他告訴我一些人生的道理。他說他的暱稱來自於沙林傑的《麥田捕手》，於是我去找了這本書來看，也有了關於「當冬天湖水結冰的時候，中央公園湖裡的鴨子都跑到哪兒去」的疑惑。他寫了一系列很好看的文章叫做「關於陳昇的筆記」，於是我知道了聽陳昇也是可以那樣浪漫和自我。他喜歡閱讀和寫作，雖然有妻子有小孩，卻還是沒有放棄筆耕。我在他發行的「幻化意識電子報」裡寫過文章，覺得被邀請是件很榮幸的事。後來比較少聯絡，但還是可以看到他寫的文章，就覺得這個像大哥哥般的朋友，一直都還是在的。

他的名字老讓我想起
陳昇的一首歌叫做 瘋子

NUTS

他的名字老讓我想起陳昇的一首歌叫做〈瘋子〉，有一次他告訴我，對啊，就是那樣。他的人生好像一直都不固定。我老聽他說些又換了工作、又沒工作、又不想工作之類的事。其實我也很少主動找他，反正他總會在某些陳昇出現的場合突然出現，又突然消失。他曾經在三十小時內騎機車環島一週，我不曉得他怎麼辦到的，因為我花了十天。後來才知道他是牡羊座的。有一年生日他陪我上貓空喝茶，我們連下了五盤象棋，好像大部分都是他贏。我一直覺得我下象棋很厲害，沒想到他比我更厲害。

seablue

第一次跟她見面在陳昇的跨年演唱會，她綁個頭巾，悠哉地坐著，安靜地，臉上傲傲的。其實我們熟起來的日子沒有特別長，可是我們感情很好。是那種很義氣的感覺。你知道，對於女生之間的情誼，人們很少用「義氣」來形容，可我們真的對彼此很夠義氣。我很喜歡去她工作的星巴克裡泡一下午，喝她請客的星冰樂，像在自己的家。我也喜歡聽她跟人介紹說我是她的死黨。死黨在一起會講很多心裡話，所以我知道她全部的戀情和心事，我覺得這是作為朋友最榮幸的特權。我還喜歡她對陳昇總是有一種最淡然的執著，這樣形容可能有點矛盾，但如果你了解水瓶座，你會知道我說什麼。她讓我覺得水瓶座其實真的很不錯。

solem

有陣子他常常找我喝酒。我們到信義路跟安和路交叉處的一條巷子裡，一間叫做「芝加哥」的小酒館喝生啤酒，吃小菜。生啤酒我們兩人可以喝掉兩公升的一桶，有時候喝完了意猶未盡，又多要幾罐易開罐。大部分都是他喝，我也陪著喝一些，但我小菜吃得比較多。有時候喝完我們會一起打撞球和射飛鏢。他喝得醉一些時，話就多了起來，所以我知道他喜歡一個女生很久，可是對方不喜歡他。我也知道他是獨子，對於家庭有很強烈的責任感和虧欠感。我出國念書時他給了我一張信箋，上面滿滿地用手抄著陳昇的歌詞。後來「芝加哥」不再開了，他也去美國念書，過年的前夕我們在波士頓街頭晃了兩小時，都找不到適合的酒吧進去喝酒。

typhoon

他的頭髮就跟他的名字一樣，老像是被一陣強烈的颱風颳過。這人一看就讓人覺得是怪ㄎㄚ，但是看在他也是金牛座的份上，我覺得我還亂欣賞他的。畢竟很少人能學電腦學得那麼聰明。不過他真正吸引我的，還是那一點理工科學生殘存的文藝氣質，像是他會跟我聊布袋戲裡的詩詞。另外當他發表「希望能去學嗩吶，因為既是藝術而且又能賺死人錢」的論調時，我才驚覺我們之間竟然如此相像。但我並不想跟他一樣去學刻圖章，雖然他堅持那是種失傳的一生絕活，我還是認為圖章給別人刻就夠了。其實我忘了怎麼跟他認識的，只記得也是因為陳昇，至於是因為陳昇的什麼呢？我想還是別費神去回憶吧。

小彭

現在沒有他的消息了，我其實有點想念。以前我們也很少見面，都只是在跨年演唱會的時候看到對方，拍拍對方的肩膀說：「你呀看起來還不錯嘛。」但是在網路上他都一直很關心我。看到我寫了心情不好的文字，他就寫信來給我鼓勵，每次都寫好長，跟我說他也遇到過哪些鳥事，但是我們都還是要用樂觀的態度去面對。看完他的信我也就不難過了。我收到他的最後一個禮物是他把陳昇所有的歌燒成一張mp3光碟，印了很可愛的封面，上面寫「送給yijia」。後來不知怎地就沒再見了。希望有一天在陳昇的演唱會上，又會偶然遇見他，然後跟他說：「你呀看起來真的是很不錯呢。」

胖邱

他後來其實不胖了，但我叫他「胖邱」的習慣老改不過來。他學土木工程，聽陳昇的時候很理性。我們第一次見面時約在景美夜市，那天晚上他戴了頂棒球帽、背雙肩背包、身穿短褲和T恤，身材高、塊頭大，好像小叮噹漫畫裡的技安。但後來我知道，他才沒有技安的兇暴，他是個很善良的男人。我電腦壞了他就來幫我修，我沮喪的時候他的安慰最有用；我們常一起談論四輪傳動的吉普車，那曾是他人生最大的夢想。他在金門當兵，寄回一箱箱美味的茶點給我，透過電話繼續扮演我感情導師的角色。退伍以後他堅持回老家台南工作，這樣身為獨子的他才能跟家人在一起。有一次他告訴我：「我熱愛我的家鄉。」奇怪這麼老套的一句話，在他口裡說出來，我一點兒都不懷疑。

海妹

心情不好的時候我就約她出來吃飯，她從不拒絕我，總是聽我說那些雞毛蒜皮的心事，我知道她不一定懂，但是她永遠站在我這邊。

想看什麼表演的時候我總是第一個想找她，她從不拒絕我，總是陪我去看那些莫名其妙的舞台劇，我知道她不一定喜歡，但是她永遠開心地跟我一起欣賞。

遇到醫學上的問題我也問她，她從不拒絕我，她的職業是小護士，真的有顆關懷世人的愛心。我知道她不一定都有時間，但是她永遠會幫我找答案。

總覺得她聽陳昇是不是太苦了一點，因為她看起來總是那麼開心。其實我猜想她一定有很多難過的事情沒有講出來，有一天我一定要好好問問她。

發條鳥

看她的名字就知道她喜歡村上春樹（雖然她否認），然而那些關於發條鳥的小說，我一本也沒看過。她也很喜歡莫內，有一次她說，莫內只有一隻眼睛，看到的世界卻是充滿五顏六色的，而她自己有一雙眼睛，卻還看不清楚所有應該清楚的顏色。莫內我也是不懂的，不過這並不妨礙我們溝通，因為我們都聽陳昇。她有時候會理性地寫出有如哲學家的文字，有時候卻跟小孩一樣在大街上發了瘋。她曾經好幾次用筆寫信給我，這年代很少人用筆寫信了，信裡面還附上她親手製作的植物標本書卡。她常一個人去九份，去回來了就在網路上給我們寫留言，我老覺得她是個活在人群之外的傢伙，自得其樂得很厲害。

Chapter 09

人物特寫

琵琶手的藍色墾丁

我認識一個吉他手——1996.8.17黃昏在墾丁

我認識一個吉他手。他彈起吉他的樣子很迷人，雙眼微閉、頭微仰，柔軟的手指在琴弦上撥動，那音樂如行雲流水，想像空間無限。聽他的音樂就知道，他有一顆很溫柔的心。他是第一代恨情歌樂團的吉他手，後來他與他的好朋友們組了一個樂團偶爾在PUB表演，團名就叫「Just A Band」，像極了他與世無爭的質樸性格。

從認識他開始，我都叫他「小楊大哥」。後來他被很多人尊稱為「楊老師」，在網路上有個暱稱叫「琵琶手」。他對音樂很執著，是那種關於一生一世的執著；他的吉他聲會讓人落淚，他唱起歌來很好聽，是他讓我第一次認識了所謂主流音樂之外的音樂人，知道有一種創作是很純粹的。有時候我會去找他喝酒，看他在錄音室裡彈吉他好看的模樣。他喜歡Whiskey，但是篤信喝酒不是為了「刺激靈感」。他是我心目中最棒的吉他手，他的名字叫楊騰佑，這是我和他第一次在墾丁的海岸閒聊，他跟我說的故事。

二十幾年前，年幼的小楊站在鼻頭角岸邊，面對著與藍天連成一線的大海，將一顆他塗滿顏色的石頭，用盡全身力量，拋向那一片浩瀚，海面上波光粼粼，四野一望無際，小楊在心裡說：「幾千年後，會有人在深深的海底挖出那塊彩色的石頭，那麼，我就跟他們跨越了時空而結緣。」

人物 吉他手

在幼小的心靈裡，這樣的想法天真而單純，一顆石頭，寄託了一個寬闊的夢。沒什麼特別的理由，只是，被那片深邃的藍綠所感動吧！這個簡單的夢，在小楊記憶中停留很久很久都不曾褪去，他寫了一篇文章叫做〈鼻頭角的微笑〉，國中時第一次投稿被刊登在雜誌上，白紙黑字，烙印一個永遠的純真。

十六歲那年，一個颱風天夜裡，窗子被風震得格格作響，家裡停水又斷電。姊姊的男朋友抱一把吉他，黑暗中和著風吼雨嘯，輕輕彈了起來，還悠悠地唱著，清亮的音符就這樣飄在夜裡。小楊安靜地聽著，吉他弦被撥動的清脆聲響，觸動了他心中那股對音樂的情感。狂暴的雷雨不再令他心驚膽戰，他只是想：怎麼會有那麼好聽的樂器？我一定要學會它！

就這樣，他交了一個終身的朋友。剛開始學吉他，手指很快禁不起鋼弦的摧殘，起滿水泡，痛徹心肺；小楊就把手拿到冰箱裡凍一會兒，失去知覺了，再繼續苦練。對音樂的感動、對自己的堅持，就這麼抱著吉他踩過二十年的歲月。我沒聽過小楊提到他有多熱愛吉他，也許只是因為那已成為習慣，成為生活的一部分。真正的愛，往往是說不出口的。

「無論以後怎麼樣，彈吉他，是不會停止的，只是，地點、情境不同罷了。」小楊望著遠方一片孤帆，「可能在很多年以後，妳到某一家大飯店裡，發現我在那彈著吉他，昇哥唱歌，面對著一小群心不在焉的聽眾……」

小楊在笑，手比著彈吉他的姿勢，我也在笑，心裡卻有一股莫名的感傷和惆悵。常常在想，昇哥的演唱會，還能唱多久？而我，又還能跟著他多久？

「如果有那麼一天我停住了，妳是否就離開我？」小楊這樣問。說真的，我也不知道；「常常我一個人在夜裡，擔心迷失我自己。」舞台燈光再絢爛，也終有煙消雲散的一天，只有朋友，是最真實的。

「妳說得沒錯，藝術家常在死後才被人了解，所以他們要忍受活著時的孤寂。」

小楊以前從未想過會以吉他作為職業，儘管在軍中他的技術已頗有名氣。退伍後，跟其他很多人一樣，他到處寄履歷表，準備安分當個數錢的會計。就在面試的前一天晚上，朋友打電話來要他去某餐廳代班，他去了，並在那裡待了下來，陰錯陽差走上音樂路。

「以前我也寫歌賣歌呀！後來有一次，五首歌拿去送審，原封不動被打了回來，一氣之下封筆不寫了。」我笑著看小楊叼著煙微怒的臉，很訝異他斯文的外表下，有那樣一段過去。他的歌很棒。我想起那夜在倫敦地鐵上聽〈關於男人〉，眼淚差點掉下來的事。「後來遇到昇哥，覺得他還值得我跟他玩一玩，就留下來了。」抬起頭，我望見遠處兩朵白雲飄著，天空一片蔚藍。

「今天的太陽好像不會很辣。」小楊說著，香煙、檳榔，一根接一根、一粒接一粒。陽光暖暖地撒在我們身上，海風一陣陣拂來，帶著鹹味，望著眼前的一片蔚藍，我有了流浪的憧憬。

海浪打上沙灘，再慢慢退回去，接著又打上來，如此不斷反覆……爸爸告訴過我，每幾次小浪，就會出現一次大浪。一直很喜歡站在海邊，讓溫暖的海水漫上雙腳，然後等著大浪，享受浪花躍起濺上身的快意……不過今天，我只是抱膝坐在沙灘上，聽小楊大哥的喃喃自語：「創作不會停止的，對生命的追尋也不會，就像那海浪一樣。」一片雪白的浪花正奮力反捲回去，濺起的水珠在斜陽照耀下，竟似發著白光。

年幼時，小楊曾在一次意外裡被火嚴重灼傷。他若無其事地指著自己身上那一整片清晰可見的疤痕，我反倒不忍心看，把頭轉了開來。對於一個孩子，那肯定是個久久難以平復的心靈創傷。「也許就因為我覺得自己已經死過了一次了，所以總認為，生命……不應該只是這樣過去吧！」

「嗯，該有些不一樣的……」我自言自語著。

「所以，我生命的追尋是一階段一階段的，我每天都在幹掉我自己。我想去嘗試許多新的事。」

「這樣……不是活得很累嗎？」

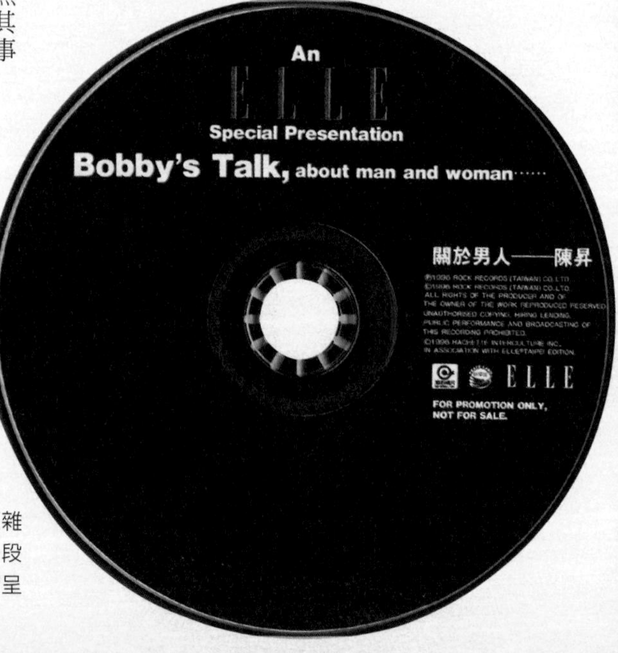

昇迷之間詢問度最高的一張專輯。當年由ELLE雜誌隨書贈送，CD裡面陳昇在每首歌前都講了一段幾分鐘的口白，語氣、內容都非常迷人，忠實呈現他的性格和思想狀態。

「對呀！很累、很孤寂。世界上每天不知有多少人，都在尋找生命的真諦……」

我不說話了。「活著豈只是活著，一定還有生存的理由。」腦海裡一直繞著這旋律，覺得那些話，藏了我暫時還不大明白的道理。

「妳看那海喔，本來我們都以為它是藍色的，可是現在，它是綠色的。但誰知道呢？它的本質究竟是什麼？也許在蜥蜴的眼中，海是黑色的！」

「蜥蜴？」小楊突然冒出這段不著邊際的話，讓我以為自己聽錯了。看著我疑惑的表情，小楊在風中笑起來：「對！這就是哲學。」頂著大學生的名號，忽然覺得自己其實什麼都不懂，像個白癡。

可我想，我已喜歡上他的天馬行空。

「我聽說男人是用土做的，身子裡少了塊骨頭，他們用腦子來思考，有顆飄移的心……」歌裡，陳昇這樣寫小楊。黃昏時的晚霞紅紅地鋪滿天邊，好像一場夢境。帶著鹽的海風，使我的視線模糊起來。

轉身指著背後那塊突起的翠綠色山岩，那是墾丁的小尖山，屹立在空中沉默不語，小楊的眼神發著光：「昨天在唱歌的時候我就想，能站在上面彈吉他的話，感覺一定很棒！」我回頭望那襯著藍天的山岩，高高地濱海而立，有著神聖的孤寂。我說：「你瘋啦！」即使心裡面，好想也坐在上面聽他彈吉他，覺得一定會有一種面對天地的坦然。小楊又笑起來：「我不是今天才瘋的。」

Babby's Talk,

「昨晚在游泳池，我跟昇哥說，對不起他，但我真的玩不下去了……」抬頭望了一眼小楊認真的表情，我又把視線移回大海，沒有說話。知道自己說什麼都沒用的，所以只有在心裡告訴他：「我喜歡看你彈吉他的樣子……」

「去吃冰！說走就走！」

找了家小小的冰店，揀個角落位置坐下來，兩碗「仙草冰」。幾個大男孩一直朝我們這望過來。我已覺得有些不自在，對小楊說：「你別不相信喔！認識你的人可真不少！」他的頭湊過來，聲音小得我差點聽不見：「上次在澎湖，我帶著老婆和小孩去跨海大橋，就一堆人在遠處指指點點的，我好尷尬啊！」

我笑得很大聲，覺得在聽一個朋友的糗事，幾乎忘了他是那個自己很崇拜的超級吉他手。

有那麼一小刻，我為自己「無名」的自由而感到欣慰；最起碼在跨海大橋拍照的時候，不必太擔心姿勢擺得不好看；演唱會全場人都瘋了時，我還可以躺在音箱前的草地上看星星，不會被騷擾。而當然，哪天在街上遇見陳昇，我想自己仍會不能免俗的，跟朋友站得遠遠的，討論「他怎麼在這裡」……

回到演唱會現場，坐在車裡，小楊放著一首叫〈藍色墾丁〉的歌，清淡之中有股難以言喻的憂愁。這是兩年前寫他來到墾丁，遺落了好一陣子的心情。聽著聽著，我們都沉默著，空氣好像停止了流動，一直到音樂結束。

「很好玩吧！」小楊說，「放著！」他下了車。「嗯！放著！」帶著藍色的心情，我又往海灘而去。昇哥和一群新樂園的夥伴在海裡玩，還有蕭言中。

天色漸暗，一片藍灰。舞台上，小楊彈吉他唱著一首不知名的英文歌，用他帶著滄桑的聲音，吉他聲哀哀的。我坐在沙灘上，想起許多事，怔怔著就流下淚來。

昇哥上岸後，從我旁邊經過；考慮了一下，我還是沒敢跟他說什麼。覺得眼前的一切都忽遠忽近……

晚上的演唱會，小楊的形象在我眼中巨大起來。

一直到睡前，我都還在想著，誰來帶我回去……

「他怎麼在這裡」……

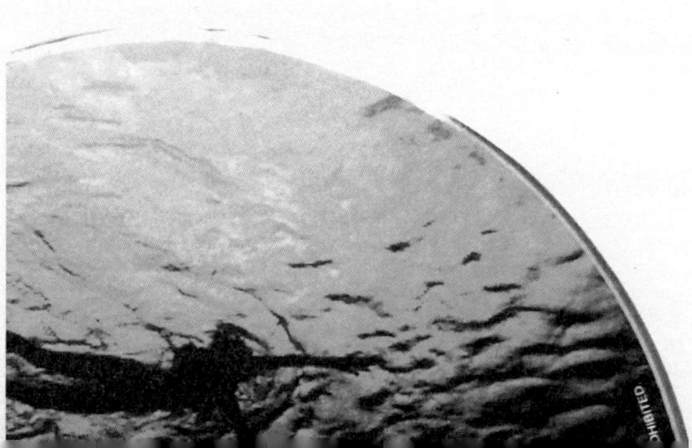

10

Chapter

人物特寫

來自山裡的聲音

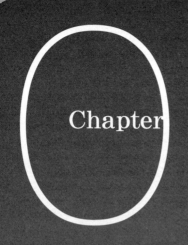

來自山裡的聲音——阿VON

第一次見到他，在一九九六年台北LIVE-A-GOGO陳昇演唱會上。

演唱會進行到一半，樂手開始進行中場演奏，酒酣耳熱之際，大夥兒陶醉在震耳欲聾的音樂聲中，煙酒的氣息瀰漫著，飄散的乾冰將這密閉空間罩上迷霧般的氣氛。而我因為多喝了幾瓶，也有點昏昏沉沉。

陳昇帶著一個陌生的大男孩走上舞台，我眼睛一亮：他是誰呀？問身旁的好友珮，她茫然地搖搖頭。就是嘛！陳昇演唱會上我都不認識的人，別人一定更不認識……無聊的我，竟然為了這種事自豪不已）。

髮長及肩，一件深色背心，膚色黝黑，神情靦腆。男孩怯生生的模樣引起了我的興趣。台上恨情歌的團員都在笑。這時陳昇開口了：「新寶島康樂隊一直在嘗試不同的東西。那天我到屏東去，找到了一個聲音，是來自山裡的聲音。我們希望能呈現更多台灣的聲音給大家。」

說這話時，昇哥用的是他那一貫的緩慢語調，男孩在一旁表現得很不安。顯然，他還不習慣舞台，不習慣面對那麼多人的眼光。

人物 阿VON

昇哥說完，對他耳語了一陣，然後對聽眾說：「聽了他的聲音以後，我覺得，這才是會唱歌的人，我喜歡他的聲音。」接著昇哥就退到一旁，斜倚著牆站著。男孩抓著麥克風，站在舞台的中央，音樂的前奏響起，他卻仍不時轉頭望陳昇。遠遠的，我看不出昇哥臉上有什麼表情，但我相信，他的眼光能夠給男孩自信。

男孩開始唱歌了。他一直沒有正視聽眾，只望著遠遠的前方。他唱歌的樣子很專注，嗓音明亮而澄澈，悠揚的高音在PUB裡迴蕩，一時之間我忘了身在何處，只是靜靜聽著。那是山歌！是來自雲端與大自然的音樂，是我已經很久沒再聽過的純樸樂音。

間奏的時候，男孩有點不知所措，他轉身走向舞台邊的昇哥，企圖離開眾人的眼光，卻很快地又被趕回舞台中央。

後來昇哥就乾脆走進了後台，留下男孩一個人站在聚光燈下。吉他手小傑和小楊不時以眼神為他打氣，男孩帶著揮之不去的靦腆，終於唱完了兩首歌，PUB裡的山歌。

在這短短的十分鐘裡，男孩想必面臨他生命中一次不小的、血淋淋的挑戰，而我，則體會了一次很深的感動，陳昇帶出一名「新人」的那種方式，給我很大的感動。當男孩在台上顯得無所適從時，我有點不忍於昇哥的殘酷：怎麼讓一個內向羞澀的山地來的孩子，這樣赤裸裸地，面對城市裡眼

陳昇魅力無與倫比

光犀利的群眾？但是後來，在昇哥不時對他耳提面命，且用眼神給予鼓勵，最後放他一個人唱完歌的過程裡，我突然覺得，如果我是那男孩，度過了這一關，一定會一輩子都記得，那種堅強面對成長的感覺。而在那過程裡，背後有個強而有力的靠山，是多麼幸福的一件事。

後來，又陸續在一些場合裡見到男孩。最難忘的是在合歡山武嶺上，那場只唱了四首歌的演唱會，男孩是第一個出場的。我不知道要如何形容那種起雞皮疙瘩的感覺，總之，是聽見山裡來的孩子在山裡唱山歌的那種一輩子都忘不了的感動。

現在，男孩在舞台上已經不再懼怕，有時甚至還能說說笑話帶動氣氛，會跟著大夥兒一起跳恰恰，唱起歌來的態度也更自然了。我們終於知道他的名字叫阿VON，為他的進步感到高興，也期待他的更多作品。有時候想起他初出道時的靦腆，心裡總一陣溫馨：「生命是一首透明的歌，不停地唱著，沒有重覆……」。不知怎地，腦海裡浮起這段音樂。

特別來賓

馬世芳

寫作者，廣播人，music543.com站長

【那種難以言說的寂寞】

不知道有多少人在青春時代的某一天，按下錄音機的PLAY鍵，啟蒙時代便倏然來臨。生命中只會有寥寥幾個這樣珍貴的片刻。你撞上了一樁什麼物事，足以改變你和這個世界相處的方式。就在那個瞬間，你永遠告別了懵然的舊時光。你感覺到前所未有的飽滿，然而也感覺到一些些的失落。你知道這樣的經驗是無法言說、難以分享的。而且漸漸地，你會習慣這種孤獨，甚至享受起這種孤獨，不過難免帶著點不甘心——你總覺得，世界這麼大，總該有人懂得你的感覺。設若遇到那樣的朋友，你們或許只需要交換一個會意的眼神，微笑頷首，無須言語，一切便已足夠。

十六歲那年，瘋狂聽起父母輩的搖滾樂。彼時那都已經是二十年前的老古董了，我所認識的同齡孩子之中，完全沒有同道。我掏光口袋裡不太多的零用錢，換回一捲又一捲的卡帶，一有空便從教室抽屜裡抓出隨身聽戴起耳機，把自己跟整個吵吵嚷嚷的世界隔離開來。

在沒有網路沒有第四台更沒有誠品書店的時代，為了填滿巨大的好奇和飢渴，我會努力多攢一點兒錢，跑遍進口書店尋找磚頭重的搖滾工具書，然後翻著字典，皺起眉頭從第一頁啃到最後一頁。要不就是衝去還沒拆遷的中華商場，買原裝進口的黑膠唱片，珍而重之地捧回家，用母親的老唱機一遍遍播放，然後轉成錄音帶：彼時都只肯用高檔的二氧化鉻錄音帶、甚至昂貴的Maxell黑殼金屬空白帶，這是不能夠妥協的。一捲九十分鐘AB兩面的空白帶，剛好錄兩張專輯。我總會一邊錄著唱片，一邊拿各種顏色的原子筆在卡帶標籤上用花體字慢慢描出專輯名稱和曲目。卡帶錄完，貼好標籤，還得

把帶子底側的兩格小塑膠片拗斷，以防日後誤洗。那兩聲「喀」，表示又一樁工程的完結，總讓我感到巨大的滿足。

為了節約空間，我把卡帶橫擺著疊起來，一落接著一落，在書桌上砌成了一堵牆。偶爾抽出底下的帶子，便會嘩地坍方。我從四處蒐集的搖滾書裡影印了許多舊時代偶像的照片，錯落有致地拼貼在牆上：迎風披散著長髮的Beatles、彈著十二弦吉他的Brian Jones、雙手插腰睨視著鏡頭的Jimi Hendrix、滿面鬍髭的Jim Morrison、裸著全身只戴著串串珠鍊的Janis Joplin圪我坐在書桌前，戴上耳機，對著滿牆的照片出神。啊，俱往矣。那不是我的時代，但竟感覺如此親切。能夠分享這種感動的人，究竟在哪裡呢。

那時，就像所有十六、七歲的孩子一樣，自覺一下子長大了，不復童年的懵懂，整個世界幾乎跟不上自己的改變，遂不免在跌跌撞撞中感到寂寞。曾經不無賭氣地在日記上寫，啊我需要濃烈的友情和清淡的愛情，然而除了清淡的友情，我什麼都沒有——那時候哪裡知道什麼是愛情呢，不過是一些模糊的渴慕和想像。曾經暗暗對自己說，要是有哪個女孩和我一樣，被Led Zeppelin的Over The Hills & Far Away瀟灑的吉他前奏狠狠感動，我一定就會愛上她的。又或者，在換下高中制服混進一間名叫AC/DC的搖滾酒吧學抽煙和喝啤酒的時候，總對自己說：未來有了愛人，我一定要帶她來，一起聽Doors的音樂。

後來AC/DC倒店，那個願望始終沒有實現。十七歲少年一廂情願的幻想，就像八〇年代單薄卻又理直氣壯的電子鼓音色，天真而莽撞，不免令後來的自己尷尬。然而這麼多年過去，偶爾午夜獨坐，耳機裡傳來令人激動的樂段，還是會憶起那種感覺：世界這麼大，此刻一定有可以分享這份感動的人罷。我們或許只需要交換一個意味深長的微笑，就夠了。

搖滾樂其實是很矛盾的。看似熱鬧，實則無處不浸透著寂寞。它的核心往往就是「和這個世界過不去」的寂寞。而那撼動了整個世代的、真正了不起的搖滾樂，便是找到了那條紐帶，把千千萬萬人的寂寞和蕭條，串織在一塊兒。每個搖滾迷多少都是寂寞的，即使和幾萬人一起在轟轟然的樂聲中歡呼落淚，也只是把這份寂寞複製成幾萬份。搖滾之所以意義深遠，之所以能像Lou Reed唱的那樣，足可拯救一條年輕的性命，或許就是因為它讓我們知道，自己終究不是唯一懂得這份寂寞的人。

而那唱著的人，更是寂寞。我常常在想，你得要有多麼強悍的靈魂，才能經受得起夜復一夜舞台下千千萬萬樂迷的歡呼與需索。你得多麼堅定多麼自制，才能抗拒誘惑，不去討好他們，甚至執意走向他們未必理解的道路。你甚至不是為了青史留名、不是為了自我標榜，更不是為了「雖千萬人吾往矣」的悲壯的成就感，那些都無關宏旨，重要的只有當下的創造的慾望。

這真難，然而還真有人做到了。而我們往往會覺得，自己是那少數在舞台下洞徹這一切的人。我們以為自己真懂了那唱著的人，又或者我們樂於承認其實自己也不懂，但懂不懂並不重要。我們樂於在舞台下交換那意味深長的微笑，有時候我們寧願那舞台上的人不要太在意我們。我們在腦海中反覆操練可能的情景：設若有機會和那人近身相見，我們只需要禮貌地頷首，絕不多嘴亂問不上道的蠢問題，甚至不需要索討簽名更不需要合影留念，我們不必用那樣的方式證明什麼。我們總是對自己說，就讓他做他想做的事罷，只要他還願意站上舞台，就是值得欣喜的事了。

打從十六歲瘋魔上搖滾，我沒有忘記過這種渴望——當你默默站在一段距離之外，望向舞台，領受那令人激動的聲響，偶爾在茫茫人海之中，你會看見另一個相似的身影。當他回過頭來，望向你，你們會彼此交換一個理解的眼神。在那個瞬間，這眼神，甚至比你最轟轟烈烈的戀愛還要深刻。或許有一天，時移事往，我們不再那樣在意彼時眺望過的舞台上的那個人，但我們不會忘記曾經交換過的那個眼神和微笑。

相信舞台上的那人，知道了這些，也會微笑頷首的。

Chapter 11

瘋狂歲月

那年的五月

（1995）

瘋狂歲月—那年的五月

那年的五月，我把自己關在某公寓一個小套房裡，度過一段真正所謂閉關苦讀的日子。忘記是什麼樣的動力，大約是老師們懇切的叮嚀話語，和一個終於得自己面對的未來，我狠下心來把電視天線拆掉，在床上堆滿了課本、參考書與考卷，每天晚上睡在冰涼的地板上，早晨睜開眼所想的第一件事就是背三民主義。

小套房裡什麼都有，一台音響、一張書桌、茶几沙發，甚至還有個迷你的廚房。十八歲的我在那裡度過大學聯考前的兩個月，每天除了吃飯睡覺，就是讀書，有時到操場去跑跑步，夜裡站在陽台前聽著音響裡傳出不知所云的音樂，心情是一種難以言喻的慌亂。而我一點都記不得，聽進些什麼樣的旋律。

沒多久，陳昇出了他那年的新專輯《恨情歌》，文宣上說是對這社會、音樂環境，一個消極的抗爭。好像是契合了陳昇當時的生命狀態，唱片封套上的那片藍就塗滿了我整個困乏的五月，我把那張有點抑鬱的CD放在音響裡反覆播放，一直放到聯考的那一天，我走出公寓為止。

那張唱片藍得很憂鬱，憂鬱得讓我每個中午的便當都幾乎食不下嚥，蒼涼教人心碎的吉他聲不斷敲打著小套房裡孤單的空氣，而我還是沒有勇氣把音樂關掉，是上癮，也怕世界只

一個消極的抗爭

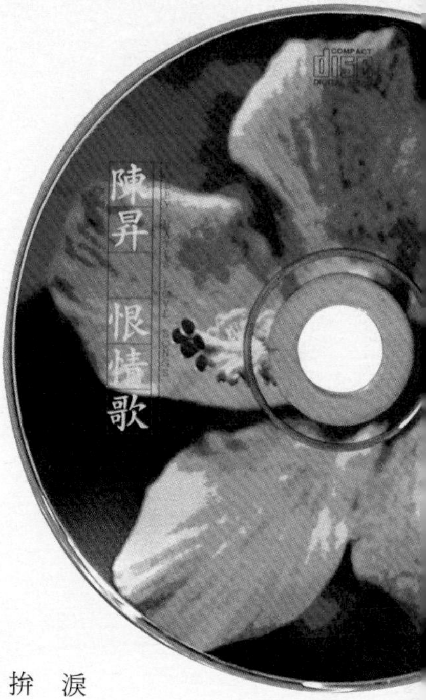

剩下自己一個人的聲音。那段日子總以為是孤寂得要死掉了，整個青春好像都凍結在那擠壓的時光裡，有好幾個晚上下意識地無限次repeat那首〈姑姑〉，望著大樓之上掙扎出的一片夜幕掉眼淚。

拚了兩個多月，聯考成績出乎意料的好，終於我可以清掉床上堆積如山的書本，也帶走那片CD，此後好久好久都沒有再拿出來聽。之後上台北念大學，某個月圓的晚上在內湖聽了一場陳昇演唱會，從此開始瘋狂追尋他的日子，年少時那些在自己小房間裡聽著他的聲音想像他的樣子的那些單純，便也隨著歲月悄悄遠走。

掉眼淚

望著大樓之上掙扎出的一片夜幕

北上幾年後再度回想起離家以前的日子，才發現那個心情極度孤絕的五月，反覆聆聽《恨情歌》的日子，竟是我十八歲以前懵懂歲月的一段終曲。此後，我再也沒有能力把自己關起來幾個月專心只做一件事，再也無法滿足於只是在小房間裡聽陳昇的CD而看不見他碩大的身影。我再也找不回，當初那些年聽陳昇音樂時，最單純的感動。

當陳昇的激情漸漸老去，我的年少遂也在一段段深刻的旋律裡塵封。如今每當在一個人時再度播放起《恨情歌》，那年五月的沉寂心情便會在心中悄悄湧上，渲染著一片深邃而憂鬱的藍。

Chapter 12

瘋狂歲月

海拔3000公尺

4首歌，1場冰雹和1群瘋子（武嶺）

瘋狂歲月—海拔三千公尺，四首歌、一場冰雹和一群瘋子

1996.3.29 PM:3:00 陳昇合歡山武嶺演唱會

沿著中橫平坦的道路，車子在青山環抱中蜿蜒上山。

通過大禹嶺，我打開錄音機，山谷裡迴蕩的是寶島康樂隊悠遠的聲音，很喜歡〈卡那崗〉的音樂，好像可以盤旋在山裡，很久都不會散去。

爸爸純熟地繞過一個又一個近乎九十度的彎，轉呀轉，我的心也隨海拔高度不斷攀升……山間霧氣越來越濃，能見度一直減低，漸漸地看不到青山的顏色，我們被包圍在一片白茫茫裡，只能見到前方十公尺處。

真是太刺激了！為了這次音樂饗宴，早上五點就醒了，之後便不停在道上奔波。因為有一個目標，就什麼也沒想地勇往直前，路上的疲累好像都不足以放入我的記憶。年輕有時候真是有種難懂的力量，它會促使你去做一些以後連自己也很難相信的事……

「是這裡了！」在爸爸的呼聲中，我探頭望出去。

「哇！」從遠處白霧瀰漫中的武嶺停車場上排下來的車隊，綿延了數百公尺之遠，本來就不寬的中橫十四號省道，此時更是擠滿了汽車、機車、和上山的人群。我看看錶，兩點半。

打開車門，好冷！很多人瑟縮著脖子往上走。冰冷的風陣陣襲來，混著山間的白霧撲上臉頰，空氣中有相當的濕氣，不同於台北乾烈的北風。匆忙穿上厚厚的羽毛衣，帶齊我的

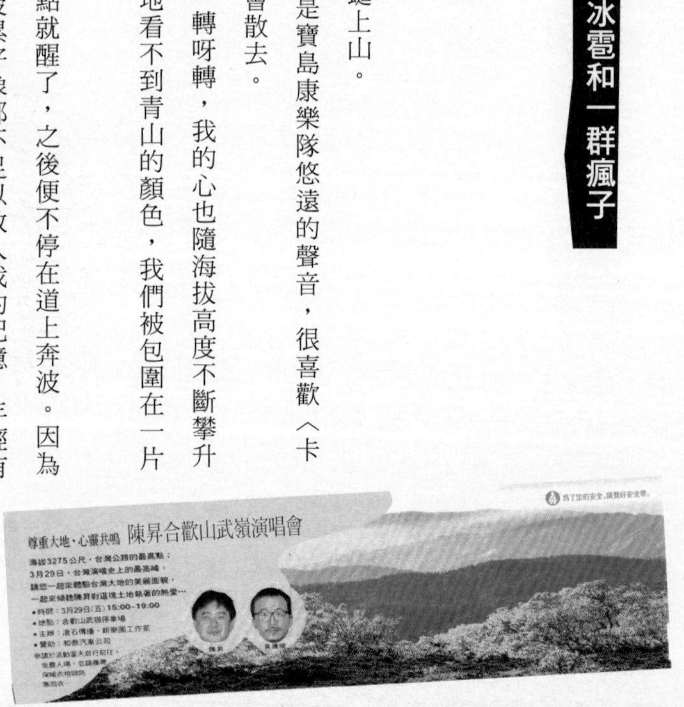

1996.03.29 PM:03-00
陳昇‧合歡山武嶺演唱會

「演唱會裝備」——望遠鏡、單眼照相機、礦泉水和紙筆；武嶺停車場上已隱約傳來幾個零散的音符，是吉他手小楊在試音吧！我想。

邁開腳步，迎著寒風往山上走去。壓抑了六、七小時的心情漸漸舒展開，我在霧裡興奮起來，彷彿已可聽到那在山裡流竄的歌聲。

車子幾乎動彈不得，小小的山路上倒像是高速公路塞車的情景。陳昇的魅力已超出我想像太多。也不知該用如何的心情去面對，是真的有些茫然了。聽到困在車陣裡的人用台語咒罵著壅塞的交通，我只是頭也不回地往山上走去。

武嶺，我來了！台灣公路最高點，演唱史上最高峰。因為陳昇，我竟到達了這以前連名字也沒聽過的地方。

路旁排了一條好長的隊伍，在準備入場嗎？仔細一看，竟是等著上公廁的人群……啞然失笑。往舞台方向尋去，不禁驚得呆了。武嶺停車場一塊三、四百坪地，滿滿全是陳昇的忠實歌迷，人人或站或坐，身上裹著厚厚的大衣，掩不住臉上的興奮與期待；小部分人甚至「蔓延」上山壁，可以看到一對對情侶依偎在高處。

不那麼冷了。蒸騰的人氣升高了不少氣溫。剛剛爸爸開車上山時，一路上都沒什麼人，我還有些擔心。現在突然和那麼多同好者聚在一起，心中除了暖意，還有莫名的感動。台上的樂手小楊、家駒在做最後的音響測試，他們對我而言，都再熟悉不過了，像是千里迢迢來拜訪這群朋友。

首先出場的是阿VON。沒有多說一句話，那孕育於深山的原住民音樂，就在小楊的吉他中，溢了出來；阿VON唱歌時，眼睛看的是好遠的地方，在山的那一邊吧！我想他的深邃的眼光一定能透視層層白霧。阿VON第一個出場，必然有特殊的理由；而我所能想到的是：用阿VON沉而澈的嗓音，喚起山的靈魂，喚起人們的心靈共鳴。

阿煜和昇哥出場了！兩個老男孩這回可樂瘋了。即使在這麼寒冷的地方，他們仍是一件襯衫和牛仔褲。〈歡聚歌〉若隱若現的前奏漸浮起，舞台上新寶島康樂隊也在霧裡忽隱忽現，浪漫極了！當「NA I YA LU WAN」悠揚的音樂迴蕩在山谷時，這場演唱史上難得的創舉，也算正式拉開序幕了。

昇哥很快樂，他那原本就雜亂的舞步此時更加瘋狂。阿煜一口紅酒下肚後，大聲說：「我當你們都不存在，我們要唱給山聽！」好個唱給山聽！數千觀眾在刺骨的風裡屏息著，〈寶島曼波〉的鼓聲、吉他、Bass、鍵盤聲倏地向山間的白霧傾洩而出，數千瓦音響帶動著雲氣，聽眾的情緒沸騰起來，武嶺停車場已完全淪陷在新寶島康樂隊和恨情歌樂團的音樂裡。這塊海拔三千多公尺的地，以前不曾有，以後也恐怕很難再有這樣的盛況。我望著沉默不語的青山，想：「今天，你們不寂寞了吧！」

〈寶島戀歌〉裡陳昇的放肆依舊，他那發自台灣土地、幾乎能直接切入人心的嗓音就這樣輕易征服每一個人的心；歌詠寶島、台灣之美，他真的做到了。阿煜、阿VON、恨情歌樂團，他們的聲音都已傳得很遠，那麼多年，陳昇苦心培養出一群死忠歌迷，跟著他上山下

合歡山武嶺
演唱會

海，體驗在不同地方的演唱會，那都是畢生難忘的經驗。

山間的雲氣聚攏，又散去。我坐在潮濕的合歡山上聽陳昇、阿煜唱歌。舞台上五彩燈光打在恨情歌樂團的身上，忙碌的攝影師專心地取鏡……雖然冷風不停、空氣稀薄，我心中卻是暖暖的，深深覺得，這是一種幸福吧！昇哥背後襯著深藍的天空，他的聲音也就這樣擴散開來……

忽然，「啪！」一聲，斷電了。燈光完全熄滅。

起初大家以為只是一時現象，倒不如何擔心，陳昇還打趣著說：「這也是我們表演的一部分。」大家笑起來。過了一會兒，開始有人在台下叫囂，台上眾人都湧到舞台旁……距離遠，我聽不清楚那些人說些什麼，只看見陳昇不停地鞠躬，像是在致歉。觀眾們都開始站起來，大家竊竊私語，我聽到身後有人說：「幹麼啊！看演唱會看到這樣，何必呢？」是呀！何必呢？也許他們真的已等了很久，但像這種突發狀況，也不是工作人員所能控制的。

不多久，電力恢復了。陳昇過來示意要大家坐下，一位工作人員表示，一些觀眾的汽車阻礙了道路的暢通，請他們將車子移動至適當位置，演唱會再繼續開始。眾人又起了小小的騷動。

這波還沒平息，突然，天色倏地暗了下來，豆大的雨點毫不留情地傾盆而下，觀眾慌亂起來，現場有些失控。我沒帶雨具，連忙把相機、望遠鏡收好，雨打在臉上很痛，還沒回過神，就聽見有人興奮地大喊：「是冰，是冰耶！」我伸手一接，真的，合歡山下起冰雹了！一塊塊小冰石沿著頭髮、衣服上滑下來，混合著雨水，把我全身都打溼了。在一種潮濕跟冰冷的感覺裡，隱約聽見台上有人說：「既然這樣，我們演唱會就無法進行下去了，請大家快回到車上去。我們承諾，下次一定在澎湖辦一場轟轟烈烈的演唱會……」

我的腦中一片混亂。就這樣結束了嗎？向舞台上望去，陳昇已穿上外套，把頭用帽子包起來，露出一張面無表情的臉，幾個人聚在那兒講話，一種無奈的氣氛籠罩著。

我不願就這樣離開。反正全身都已濕了，再濕透一點也無妨。舞台邊仍有一小群人不肯走，小楊不斷地勸他們回車上躲雨，他們說：「我們是騎機車上來的……」我突然覺得很難過，用手擦了擦臉，也不知抹去的是雨水還是淚水……我想我是為陳昇難過，他心中的無奈只怕比每一個聽眾都要深，因為，大家都是來看他的……。

陳昇要走了。我向他伸出手，他沒有理我，只說：「被老天爺打敗了。」我沒有怪他不跟我握手，他那句話在我心中盤旋了好久。冰雹絲毫沒有變小的意思，仍不斷打在我的臉上，挺痛的。空氣是完全冰冷的，我的手凍得失去知覺，好像不是自己的，那種感覺很新鮮，也很可怕。

人群漸散去，我卻不知要往哪裡去，腦中空盪盪的。工作人員忙著收音響器材，才幾分鐘之前，大家都還陶醉在音樂裡，誰也想不到這麼快就風雲變色……我平靜了一下心情，躲到舞台的鋼架下，取出紙筆，勉強用凍得發痛的手寫了幾個字；我告訴陳昇，無論如何，這別開生面的演唱會，他仍是做到了！我們都會永遠支持他。

台北發的尾班車……

冰雹仍是不停地打下來，在山壁上結成白白的一片。我在雨中慢慢走下山，盡力把所有淚水沉澱在心靈的湖底；清楚地知道，這一離開，將會留下許久也抹不去的回憶。柏油地面因為佈滿冰塊而變得很滑，雨中人群漸漸往回程路上散去，用大衣把自己包得緊緊的，看不出表情；大家好像都沉默了。

我把手插在口袋裡，縮著脖子找尋爸媽的座車。白茫茫的霧此時已完全吞沒了武嶺山頭，回頭望一望，舞台隱沒在虛無縹緲間。

回到車上，爸媽只是望著我笑，我也笑了。脫下外套，抖去上面的冰塊，擦了擦頭髮，突然覺得：車子裡竟是如此溫暖。因為一種莫名的感動，再也壓抑不住心底湧上來的一股熱血，我衝下車，對著白茫茫的山谷狂嘯幾聲，好像希望老天爺可以聽得到。

滿佈雨水的眼中，我看見爸爸掬起一手的冰，拋向天空。他說：「能看到冰雹，就不虛此行了。」也不知道是不是在安慰我……

緩緩地，我們終於踏上歸程，往梨山而去。

車內音響裡，老寶島康樂隊的音樂輕輕透了出來，是〈台北發的尾班車〉。阿煜靜靜地唱著，把聲音拖得好長，有點哀怨地……一路上我不再說話，在大禹嶺喝了碗熱湯後，我只想好好睡上一覺；心裡想著，陳昇大概會喝上一兩瓶紅酒，望著那晶瑩剔透的雨水，也許什麼都不想，也許，構思下一場演唱會的計畫……

隔天早晨，我們下榻的梨山一間小旅館裡，有些許陽光透進來，遠處青翠的大雪山沉默屹立著。經過這一夜，地面已完全乾燥，昨晚的狂風驟雨不知是何時停止的。我走向陽台伸伸懶腰，想起昨夜的武嶺山頭，真是恍如隔世。

爸爸帶著我和媽媽由梨山出發，開始了我們的中橫一日遊。一路上風和日麗、鳥語花香。山間陽光懶懶地撒下來，世界一片清晰與明亮，昨夜的一切就好像一場夢般……

再度上了武嶺，白霧更濃、風更大了。舞台還未拆卸完成，零散的音響器材擺了一地。我望著空無一人的武嶺停車場，心裡也不知是什麼滋味。買了支玉米咬著，熱騰騰地，狂風吹得我流下了眼淚，真是說不出的蕭瑟……

別了，武嶺；別了，合歡山。在我年少的記憶裡，永遠會有這癡狂的一頁。我將無法忘懷，陳昇合歡山武嶺演唱會，給了我山裡的另一種聲音。

Chapter 13

瘋狂歲月

請幫我簽三個字

(1996)

瘋狂歲月—請幫我簽三個字

我滿頭都是汗，站在西門町淘兒唱片行門口，排隊等著見昇哥一面，等著我生命中第一個當面跟歌手要的簽名。

人不少，從唱片行裡的櫃檯前，延伸到外面，還繞著騎樓轉了一個大圈。沒來得太早，我排隊的位置剛好在店門口，往前踏一步有涼快的冷氣吹，往後退一步就跌進了八月天驕陽下的熱氣。排隊的人群一會兒往前推擠，一會兒向後鬆散，於是我便在忽冷忽熱中等待。門口那張醒目的黑白海報，昇哥兩手插在口袋裡，彷彿在笑著我們這群人的癡傻。

海報上斗大的字：「陳昇1996 SUMMER夏」。

在身旁排隊的人我都不認識，那時候我誰都不認識，我總是一個人去聽演唱會，一個人去簽名會排隊，一個人跟昇哥握手和傻笑。西門町吵吵鬧鬧的，唱片行裡的音響播放著〈鏡子〉，那很像是怎麼拉也拉不斷的電吉他聲，在來往不息的車輛引擎聲中若隱若現。

大約排了有一兩個小時那麼久吧。這算是正常的等待範圍。那種摻雜著既期待（巴不得昇哥見了我之後永遠牢牢記得我）又怕受傷害（怕他太冷漠）的心情，大約也就是身為一個瘋狂歌迷的成長必經之路。終於輪到我簽名時，雖然興奮倒也沒失理性，心裡想，一定要讓

「三個字」3 他會明白的……

昇哥簽個比較不一樣的東西，我不要跟大家都一樣。嗯，就請他簽他的本名「陳志昇」好了。

於是我把CD遞過去，昇哥厚實的大手把CD接過之後，抬頭看了我一眼。即使我心裡緊張得好像快窒息，表面上還是裝成一副漠不在乎的樣子，酷酷地跟他說：「幫我簽三個字好不好？」他本來已經低下頭準備簽名，此時抬起頭，有點茫然地看著我：「三個字？」

我用力地點點頭，自信滿滿地覺得我跟昇哥一定有良好的默契，他會明白的……

昇哥頓了一下，似乎稍作思索，終於，提起筆，在我那張《1996 SUMMER》專輯的歌詞本背面，煞有介事、很認真地，簽下了大大的「三個字」這三個字簽完後，正當我傻了眼，愣在那裡還沒決定要如何反應的時候，他又繼續很認真地，在「三個字」底下，簽了「陳昇」兩個字……

頓時我腦中一片空白，終於體會到所謂哭笑不得大概就是這種心情。昇哥微笑著把歌詞本還給我，顯然，他始終沒理解我的渴望。我呆呆地轉身離開，在心中演練了上百次想說的話一句也沒說，熬夜寫給他的信也忘記交給他，只是覺得有點想笑，但又笑不出來……

現在回想起來，當時如果再直接跟他說：「其實我希望你簽陳志昇三個字」，應該就很容易地能達成我的希望，但小歌迷看到大偶像的心情，大約就像是小兵見到大將軍，有簽就不錯了，哪裡還敢作進一步要求。

後來在許多機會裡，我又擁有了許多昇哥的簽名，卻再也沒有勇氣請他簽「三個字」。三個字的故事我常去說給很多人笑，直到有一天發現這個故事的意義或許已經不是個笑話，而是讓我開始慶幸，慶幸自己曾經那麼傻，慶幸我與陳昇的幾次少得可憐的交集裡，曾有這樣與眾不同的一小段插曲。

Chapter 14

瘋狂歲月

不必見面的鼓勵

瘋狂歲月—不必見面的鼓勵

二○○二年十二月初，陳昇跨年演唱會宣傳開始起跑，當時我在美國念書，跟台灣有十三小時的時差。

作者：yijia（期末報告奮戰中）　看板：yijia
標題：還能說什麼呢？昇哥昇哥
時間：Sat Dec 7 16:28:02 2002

今晚回來時筋疲力盡，十一點多就不支上床，但是不甘心就這樣睡到早上，所以燈也沒關，只當休息一下，打算睡一下就起來寫報告……

迷迷糊糊，也不知道睡到幾點，突然電話響起，我心裡超不爽，看一下時間，馬的，半夜一點鐘誰搞不清楚狀況打給我，接起來，聽到一個完全陌生的女生聲音，在電話那頭一直問：「黃婷嗎？妳是黃婷嗎？」

是陌生人打來的，我更不爽了，沒好氣地回答：「是啊，我是。」電話那頭傳來很吵的聲音，仔細一聽，是昇哥在唱〈把悲傷留給自己〉，好像只有一把吉他聲，是LIVE。接著那個陌生的聲音又傳來：「我在昇哥的PARTY啦！」那時候我剛被吵醒，極度不清醒狀態，有點搞不清狀況……我很快想起，今天是昇哥跨年演唱會預售票的PARTY，於是我懂了，應該

1997.00.00
陳昇・六月

是一個朋友在現場打電話替我實況轉播。

那時候我已經很感動了，越洋電話，實況轉播。雖然我還是不知道是誰打來的，那個陌生的聲音不時在電話那頭問我說：「妳有沒有聽到？昇哥在唱歌！聽得清不清楚？」我呆坐在床上，拼命點頭，才想起她看不到，於是用一種嘶啞得自己也感到陌生的聲音回答：「有！清楚！」對方說：「那妳慢慢聽喔！」

話筒裡昇哥唱著唱著，熟悉的聲音，空曠的回音，一把吉他聲的單純，我坐在床上靠著牆壁，想哭，但哭不出來然，然後慢慢的，昇哥的聲音變得越來越清晰，到最後吉他聲幾乎聽不見了，我感覺昇哥是直接對著話筒唱的，他唱：「無論妳在，天涯海角，是不是妳，偶爾會想起我……可不可以，妳也會想起我，可不可以……」台下的觀眾在呼喊，昇哥突然說了一句：「黃婷喔！」然後繼續唱：「可不可以……」

這時候我確定他是對著話筒唱的，我想說些什麼，可是完全說不出來，總之，就是那種喉嚨被哽住的感覺。我這輩子沒跟昇哥講過電話，就在那一刻，我的聲音有機會單獨面對他的聲音的時刻，我完全說不出話來。其實我不是緊張，我只是不知道講什麼。我感動得說不出話。可我覺得我好像真的該回答些什麼，於是，到最後他一直重複「可不可以」的時候，我終於有點蠢地像身在演唱會時那樣接話：「可以！」然後開始噴淚……

我不知道昇哥有沒有聽到我講話，這時候他的歌唱完了，開始對觀眾說：「大家都知道喔，黃婷喔，我們的健康寶寶。」台下的觀眾很捧場，又

歌迷果然是盲目的……

開始歡呼起來，這時候我心裡想的是兩件事：

一、原來在昇哥的印象中，我是「健康寶寶」啊！

二、那些觀眾應該不知道誰是黃婷吧？還喊得那麼高興，歌迷果然是盲目的。

此時昇哥開始說笑話，我聽不太清楚，大約是「異國的生活很辛苦……」話筒裡陌生的聲音又出現了，但這次好像換了一個人，聲音比較不陌生，她說她是湘盈，喔，是湘盈。湘盈跟我說：「要昇哥唱〈老嬉皮〉給妳聽！」我奮不顧身地大喊：「好！我要聽！」

昇哥毫不遲疑地，立刻就唱起了〈老嬉皮〉。〈老嬉皮〉的前奏有一段口琴聲，昇哥要唱之前就說：「黃婷，要吹口琴囉！」我又開始噴淚了……昇哥怎麼知道我最愛他的口琴了？全場在拍手，昇哥開始唱〈老嬉皮〉，忘詞依然嚴重，但還是很好聽。這是我這輩子第二次在電話裡完整聽完〈老嬉皮〉，第一次在一九九七年，首次去國離鄉的一個清晨，朋友用越洋電話替我放完整首歌，當時我泣不成聲。

然後五年後的現在，這個異鄉的夜晚，又再度聽到〈老嬉皮〉，而這次，昇哥是特地唱給我聽的。可我真的哭不出來了。我整個人僵硬住了似的，聽著昇哥的聲音，覺得在作夢。這個經驗只有一次可以比擬，兩年前六月某個凌晨，我在電影拍片現場工作，昇哥在阿煜的店開PARTY，朋友打電話來現場直播昇哥唱的〈男人的皮衣〉還有〈台北附近〉給我聽。當時我是趴在燈架上聽的，眼淚一直流，全身也一樣僵硬了似的……

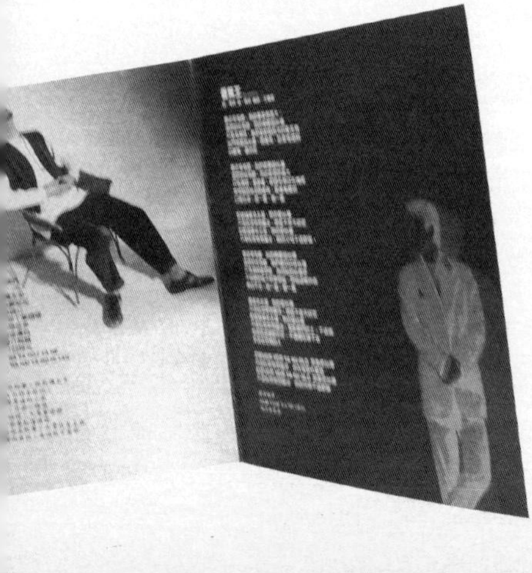

唱完了，昇哥唱完了。他問：「感不感動？」我又很蠢地回答：「感動……」然後跟湘盈說：「請幫我跟昇哥說謝謝。」（啊！我真是超沒創意的）昇哥就說要收錢，我臉上出現三條線！昇哥繼續開始跟台下的人說笑話，我想大概也是很冷的笑話，因為其中一句是：「黃婷是叛徒！她喜歡劉若英！」我簡直快要暈倒了，立刻對著話筒說：「沒有啦！我比較愛你！」（奶茶原諒我，妳說過的，做人要圓融！）

這之後我就聽不清楚了。

湘盈接過話筒，跟我說：「我回去會把照片洗給妳！妳去好好睡個覺吧！跨年等妳回來！」這時候我覺得連說謝謝都很多餘，就回答了一聲「嗯」，然後掛上電話，一個人靜靜地坐在床上發呆。我覺得自己真的是全世界最幸福的人，我再也想不出我可以再更幸福的可能了……

我想我的情緒，其實不是激情，不是興奮，而是滿滿的感動，那種有歲月的累積、經過時間的錘鍊，才能醞釀出來的感動。有這樣一次，這樣一種不必見面的鼓勵，真的夠了，什麼都夠了。我這輩子只會承認我是兩個人的「歌迷」，死去的是張雨生，還要再唱五十年的是昇哥。

（附註：後來由當時在場的朋友Alicea為我解答我的疑惑）

作者：Alicea（冰凍伏特加）　看板：yjia

標題：Re：還能說什麼呢？昇哥昇哥

時間：Sat Dec 7 20:14:21 2002

1. 吉他是楊騰佑老師彈的。當昇哥在耍冷時，他就一直在練指頭，或小聲彈著背景音樂。

2. 她們後來是把手機拿給昇哥，昇哥開始對手機唱了起來，還一面假裝深情款款。

3. 昇哥拿著手機唱歌，離很遠，所以聽不到妳那些很蠢的回答。唱完，他還問手機是誰付的錢，開玩笑說，讓妳聽整場算了！

4. 關於昇哥那個笑話，他大概是說：「在異地生活的人，不要給她太大的刺激，怕她會受不了！接著就說唱〈老嬉皮〉送給妳，這大概是今天晚上最讓人毛細孔張開呼吸的歌了（朋友這麼形容）。感覺昇哥唱時，想到在紐約的日子，眉頭有點憂鬱。

5. 其實今天就場地來說，還算舒適，四排椅子，其他人站著，不算擁擠。昇哥唱了〈擁擠的樂園〉、〈把悲傷留給自己〉、〈老嬉皮〉、〈鼓聲若響〉、〈然而〉。最大敗筆應該是有點做作的司儀吧 ^^b

昇迷朋友跟「恨情歌」大樂隊合照。後面那一排穿制服的，就是當年老恨情歌樂團的班底，是對我們老昇迷而言，情感最深的一群樂手。

15

Chapter

瘋狂歲月

PUB裡的神遊太虛

瘋狂歲月—PUB裡神遊太虛

其實，事情是往往從後半場才開始的……

過了午夜十二點，經過上半場的情緒醞釀，中場休息半小時之後，PUB裡人們身子裡的狂野因子便迅速擴張，在體內彈射不已……

下半場剛開始時，氣氛還是有點晦暗的；一群帶著挑逗性肢體語言的英倫舞者扭動在舞池，詭異的氛圍，逆光把他們的身影映得漆黑，如一條條不知名的蟲子，胡亂隨著音樂擺動；此時坐在台下引頸期盼主角出場的觀眾們，瞪大了眼睛不明所以。昇哥在台上，忽然間野性大發，邀其中一位女子上台亂舞一番，音樂是有著拉丁風味的旋律，台上一個四十歲的男人，與二十上下的年輕女子，在強光逼出的一片金黃裡，旁若無人地舞著……

我坐在台下，瞧瞧樓上的人，再望望樓下的人，感到有點無聊。此時恨情歌樂團奏出的音樂似乎也慵懶起來，有氣無力地飄著，像是配合著拙劣的舞者，終於，舞跳完了，昇哥的情緒似乎穩了些，一場我們怎麼也預料不到的大風暴也就越來越近…

先是一段大家猜了許久仍不得要領的前奏：逐漸大聲的MIDI音樂，點綴著若有若無的吉他聲，一種虛無縹緲的幻境。〈別讓我哭〉！小平喊著。我側耳傾聽，無法斷定。此時，卻見昇哥一躍到了台下，不理會前排觀眾的一陣歡呼，他在地板上坐了下來，仰望台上的樂團。燈光很暗，前奏奏了很久，沒有人知道接下來會是什麼狀況。

忽然，昇哥站了起來，抓起身旁的麥克風，斜倚在台前，說：「接下來的時間，不管你們願不願意把眼睛閉起來，我們就在這裡，很舒服地，讓楊騰佑的吉他帶我們去七美！」然後他就閉起眼睛，不再理會身旁的觀眾。舞台上的燈光漸漸熄滅，到最後只凝聚成一個spot-light，小楊大哥站在那強光下，吉他弦撞擊出來的旋律，使他原本有些瘦小的身軀巨大起來，隨著那帶著孤寂的電吉他聲音越飆越高，最後拉成一個海平面，那浸泡在海裡的南方小島上，有靈魂飄著……

時空在轉折不已的吉他音中靜止，剛剛的什麼英倫「猜火車舞群」（當然這名詞是昇哥掰的）、或者那特別來賓的什麼〈心太軟〉，都比不上一段狂野中帶著沉穩音符的弦音，在我腦裡激盪出來的悸動。閉起眼睛，音樂的力量越來越大，到最後充塞了我整個胸膛，一股熱血漸漸逼了上來……

「明晨，要搭早班第一班飛機去望安！」這念頭或許便是從這兒冒起的。

「秋伊，帶我們去武嶺吧！」昇哥說。於是乎，悠長的吉他聲倏而轉成跳躍的鍵盤音符，那合歡山上，雲氣凝聚，加上時時飄揚著的大霧瀰漫，冷得直打哆嗦的人們啃著熱騰騰的玉米，音樂如一股暖流，緩緩地流過腦海。我拿起身旁的那杯Long Island Iced Tea，下意識地想在那冰雹砸下來的武嶺上，為自己取取暖……

接下來，家駒的BASS帶大家遊了一趟墾丁，琦琦彈跳的鍵盤不知怎地晃到了七股，有碧海有藍天，有黑面琵鷺有鹽田小徑，最後在小傑的吉他聲中，又

回到車水馬龍、高樓林立的台北。

等我們好不容易在恍惚間醒了過來，小李的鼓棒又下一陣劈啪咚咚，企圖帶人們上天堂……我努力把自己拉了回來，免得真要上了天堂，可恐怕再也不願再下來受那紅塵之苦了。

不知道究竟是過了多久。總之那音樂是狂飆到整個人都不知處於怎樣的狀態下了，是比烈酒還要強的一種醉人吧！此時此刻的恨情歌樂團，真的讓我們了解什麼叫音樂！昇哥也似乎醒了，站回他的舞台，發現台下觀眾皆沉默，像是經過一場大動亂，如今久久不能自已。昇哥定了定神，將口琴放到唇邊，一陣悠揚的樂音拉了出來，對了！就是〈別讓我哭〉！終於終於，在走了那麼一遭之後，我們仍是回到了台北城午夜裡的一家小PUB，演唱會慶祝著他們的週年慶。

還沒完呢！這時只見昇哥背起他的吉他，表情一臉木然，炯炯有神的雙眼看起來有點怕人；前奏出來，很強的節奏，旋律並不明顯，但我已知道了：〈細漢仔〉。對了！就是〈細漢仔〉。我們這一群人肆無忌憚地歡呼起來，等了兩年，終於又見到昇哥在演唱會上唱這首歌了！一時之間，大家陷入瘋狂，開始跟著昇哥唱這首永遠撼動人心的故事，一個無時無刻不在發生著的悲劇故事。

我閉起眼睛，感到不真切。這些年已不知在CD中轉了多少回的〈細漢仔〉，如今真的現場聽到昇哥認真地唱了出來，心中不知是什麼滋味。四十歲的他再來唱這首歌，也許便真如a說的語氣中多了些許無奈，當年的那股憤怒，早已被歲月與人生歷練消磨殆盡。我們有著

四十歲的他再來唱這首歌
細漢仔

那麼點惆悵、傷感，但誰知道呢？現在我還敢在澎湖觀音亭旁若無人地用一把吉他唱這歌，彈斷一支匹克，但二十年後呢？二十年後恐怕連吉他都許久不再拿起了吧！是人就都要改變的，誰也無可奈何。

但「細漢仔」的故事仍是每天在發生著的。這一次，昇哥居然只忘了一兩句歌詞，從頭到尾唱得好不認真。我們在下面跟著吼，吼到自己心坎裡去，吼到全身汗流浹背，卻似乎仍是吼不盡心中那股憤懣與不安。台上小李的鼓把地板震得隆隆作響，幾把吉他胡亂奏著間奏，那真是一種極度不安、極度椎心的傷感。唱到後來，我的聲音啞了，淚水從眼眶裡滲出來，糾結在一起的心，連在音樂裡也找不到出口……我一直怕唱〈細漢仔〉，怕那種擋都擋不住的悲就這樣冒出來，而我總是連為什麼都不清楚。

忘了如何結束這歌的。「找嘸你尪…找嘸你尪…找嘸你尪…找嘸你尪…細漢仔……」

。」大概，就是這樣子吧。我像個洩了氣的皮球，低著頭再也吐不出一個字，汗水濕透了衣服，情緒是一種難以言喻的混亂。

到了此時，昇哥仍不讓我們休息；當我用手埋住頭，企圖平復一種莫名的哀傷時，旁邊的人忽然叫嚷起來，我抬起頭，見舞台上蹦出一個熟悉的身影，帶著親切的笑容是奶茶回來了！我幾乎想要跳起來了！顧不得收拾剛剛的情緒，腦子已又被一種狂喜佔據了。奶茶微笑著，臉上有滿面春風的活力，她終於從紐約回來了。「奶茶，歡迎歸國！」我們

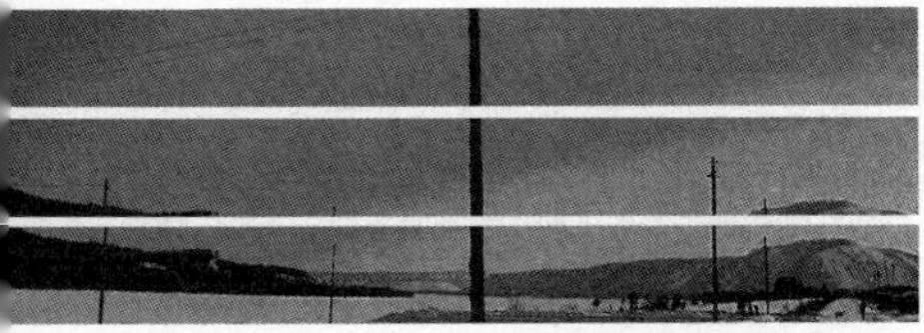

今天到底是什麼日子？

用幾乎瘋了的聲音大喊著。奶茶帶著可愛的笑望向我們這邊，說她今晨六點多才到台北，接著就來這兒趕演唱會，像是一個「過氣的歌手」。我真是笑得很開心，三個多月沒見到奶茶，如今又在毫無防備的情況下，聽見她唱著〈然而〉、〈為愛癡狂〉。一切又回到那些日子的PUB演唱會，昇哥、奶茶、恨情歌樂團，一群可愛的歌迷，一個快樂的夜晚。

「今天到底是什麼日子？」我反覆想著，懷疑自己是不是在一個類似夢境的地方。身旁是一群好友，一起瘋、一起哭，台上是用手指著我，神祕笑著的小楊大哥。如果要問這些年來昇哥給了我什麼，我答不上來，我只知道，是那樣的音樂與朋友豐富了我金黃色的大學生涯。我們這群人到底是怎麼了？午夜裡在PUB裡貪婪地吸吮著音樂，瘋狂地舞動著身軀，聲音啞了、酒杯乾了，留下的只是一段旁人怎麼也不會懂的記憶。但怎麼樣呢？該懂的人自然會懂，不懂的人就留待未來去懂吧！

三次安可，三首新歌，午夜近三點。步出@LIVE，迎面而來的是微涼的風。安靜、沉默地，我們像是從一個世紀走到了下一個世紀。而回憶，永遠不滅。

——記1998.7.26 凌晨在台北@LIV

16 Chapter

瘋狂歲月

喝醉的時候會比較勇敢

瘋狂歲月—喝醉的時候會比較勇敢

跟一群朋友去KTV唱歌是一回事，跟一群「昇迷」朋友去KTV唱歌又是另外一回事。

每年陳昇跨年演唱會結束時，常常是午夜一、兩點，許多從中南部上台北的朋友都沒地方住，我們用復興南路的清粥小菜以及東區的KTV消磨那個夜晚，最後再到國父紀念館前看升旗，迎接新年的第一個晨曦。

在午夜三、四點的KTV裡面，一堆昇迷爭相搶麥克風的情景是很壯觀的。電腦螢幕在幾分鐘內就列了整排陳昇的歌，每首歌一出來便是整個包廂裡十幾個人的大合唱，有人酒喝多了便跳起舞來，有人睏極倒在沙發上，口裡卻喃喃地還在跟著唱；總之是唱得不管別人死活，也不用擔憂旁人疑惑的眼神，因為大家都是一樣地怪形怪狀，如果有人不上道，竟敢先點別的歌手的歌，肯定會被好幾雙眼睛狠狠地瞪回去，想找地洞鑽也沒用了。

更妙的是，這個包廂裡有些人其實彼此互相不認識，大家只是為了來消磨一個沒有車回家的夜晚。可這真的已經不重要了，陳昇有股無形的力量，讓這群從四面八方聚集的人，有了心靈上的交集，不顧一切地狂歡……

其實「狂歡」只是剛開始的階段，是寧靜之前的暴風雨。等大家都筋疲力竭之後，接下來便進入沉寂時期。這時已是午夜，可能有人

1994.00.00
陳昇・魔鬼的情詩 I /精選集

已不支睡著，有人大約是平時積了很多苦，酒到杯乾，盯著螢幕上MV裡的陳昇發呆。當然也一定有人抓著麥克風，聲嘶力竭地一首又一首唱著〈把悲傷留給自己〉、〈路口〉、〈鏡子〉、〈恨情歌〉，好像想藉著歌詞用力把自己想說的話統統吐出來……

看到這種情景，我常有莫名其妙的感動。以前從來不知道唱KTV也是可以這樣有「向心力」的。跟別的朋友大部分都是各唱各的，除了我偶爾陪他們唱五月天、梁靜茹和孫燕姿，卻沒人能陪我唱陳昇。只在每年跨年結束後的那場「年度KTV」，大夥兒喝醉了之後就比較

曾幾何時我們結束了這個

搏感情

活動……

勇敢，陳昇的音樂一出來，那份情感就凝結在時光裡了。

大學畢業之後，一起結伴去跨年的昇迷朋友越來越少，曾幾何時我們結束了這個搏感情活動。偶爾幾個昇迷好友會再相約去KTV，但奇怪的是大家也就慢慢不點陳昇的歌。我想或許有些感覺真是要在某些情境下，才會出現。我大學時候那幾年，每一年第一天的第一場KTV，就這樣成為永恆的甜美回憶。

Chapter 17

瘋狂歲月

在觀音亭的長堤上吃便當

瘋狂歲月——一個人去旅行

菊島的黃昏。我帶著一身疲憊，從遠方歸來。淡藍色的天空，一種屬於流浪的心情，在暮色中擴散開。

在馬公市街頭買了一個便當、兩罐海尼根，獨自晃到觀音亭海邊。是孩子們放學的時間吧！成群結隊背著書包的學生，漫步在街道上，聊天、嘻鬧，一派歡樂景象，晚霞餘暉的點綴下，生氣蓬勃。到長堤最末端坐了下來，眼前是一望無際的大海，黃橘色的雲彩掛在天邊，像澎湖四季盛開的天人菊。海風輕拂，我身在遼闊的蔚藍裡。

這樣悠遠的日子，很容易讓人沒有夢。

「十九歲的那一年，我學會了很多東西：學會了經營自己；學會了欺瞞；學會了抽煙；學會了細數人行道上的紅地磚；學會了喝酒；學會了將面具安放在自己的臉上；學會了被放逐在這個誘惑之城時，如何應付那種無以名狀的心慌……」

（《9999滴眼淚》——陳昇）

可是，我怎麼也學不會，如何去包紮自己的悲傷。

像陳昇筆下的年輕人那樣，努力思索著自己必須要在這樣的時節來到這裡的理由。臨行前一晚的電話裡，你輕輕地說：「我希望妳過得很好……」我迷惘了。是逃遁者吧！因為不敢勇敢地面對日子，所以才逃到這浸泡在冰冷海水裡的島上，逃到一個孤獨男人的音樂裡。

冷冷的風中，寂寞更深。

發現，澎湖的便當裡有螃蟹！炒得香噴噴的螃蟹。我珍而重之地將牠們仔細端詳了一會兒，才慢慢放入嘴裡，咀嚼那屬於海洋的味道。心裡有著愉悅的滿足。

臉開始發燙，眼睛也有點矇矓起來。我知道是肚裡的酒精在發作了，卻故意不去理會自己的脫軌。

想起今天就在望安島的草原上，躺了一下午。那是一個有綠地、牛羊、船家、藍天、漁人、天人菊、好喝的魚湯以及操著親切口音的阿桑的小島。海上風浪大，拍打著灰白色的堤。港邊的警察跟我招招手說：「往上走，就有吃的喔！」我騎上一輛破破的、油表儀表都壞掉的、龍頭還會亂響的50c.c.小機車，迎著風，行到山頂看大海。

車子駛到山坡的最頂端，我就在兩頭牛兒的身旁躺了下來，望著藍天，腦海裡響起昇哥熟悉的聲音：「我常常在想，我們是不是都太著急去尋找一個答案……於是我決定拋開所有問題，什麼也不想地，聽著海浪拍擊岩石的聲音。而那兩頭牛顯然一點也不在乎我的存在，

牠們慢慢咀嚼著青草，偶爾抬起頭來給我一個白眼，好像是在說：「小鬼，妳了解生命的本質嗎？」四周環著海，海上散佈著島嶼，陽光暖暖地撒下來，山丘上有微風。心情很愉快，草地很舒服，我很幸福。

「因為掌管輪迴的人犯了錯，現在我們身邊的，已不定是人，或是野獸了。我們應該出發，去認識別人，去尋找別人來彌補我們身上沒有的那一部分。如果世界上有五十億人，那一個完整的人，就可能是破破碎碎的五十億份。」

在菊島，有許多我平常很少能見到的人，他們安安穩穩地過著日子，對繁華都市裡的誘惑與不安，完全免疫。他們沒有冷氣辦公室，卻喜歡在午後的大樹下乘涼聊天；他們不知道所謂的空虛無聊，卻樂於在烈日下彎著腰工作一整天。

如此，我看見了生命的驕傲。

也許你是對的，除了電腦遊戲之外，還有太多有意義的事等著我。別再慨嘆這世界使你越來越不懂，只是有些人會暫時失掉面對自己的勇氣。「讓我離開吧！南風裡有我的思念。愛慾裡所有對與錯，都交給命運去判決……」

雲層太厚，看不見一輪透紅的夕陽，只有垂掛在天邊的晚霞。和著海浪和音樂聲，沉默裡，啃完那隻雞腿，察覺夜色已悄悄來臨。

喝乾最後一滴啤酒，我跨上車，決定打個電話告訴你，我就要在這兒看日落，直到老死為止……

18 Chapter

瘋狂歲月

恆春到了，墾丁還會遠嗎？

瘋狂歲月—恆春到了，墾丁還會遠嗎？

發信人：yijia.bbs@fpg.m4.ntu.edu.tw（碧海潮生按玉簫） 信區：BobbyChen
標　題：恆春到了，墾丁還會遠嗎？
發信站：小魚的紫色花園（Sun Jul 12 00:57:08 1998）
轉信站：yuen.dormb.nccu!fpg

那一夜，每個人都瘋瘋的。
忘了是因為什麼原因，我說：「咱們凌晨開車去墾丁看日出吧！」
於是，子夜二時，一輛小汽車，載著三個人，
呼嚕呼嚕地就往南台灣而去，是一個沒有星沒有月的夜晚。
出門前，我隨手抓了三捲錄音帶，
《私奔》、《魔鬼的情詩》、《風箏》。
黑矇矇的晚上，路筆直向前，陳昇的歌聲充滿了整個車廂。
不知道為什麼就一定要聽陳昇，想也沒想，
這樣的夜晚，這樣的心情，這樣的朋友，當然只有陳昇。
因為是凌晨兩三點，三個人的情緒都有點怪異；
是一種脫離了白天混沌的異常清醒，卻也是一種深夜的迷茫。

去墾丁看日出吧！

現在回想起來，那時三個人講的話，都好像是在囈語……
除了有時會跟著音響同時大聲唱：「所有的等待都是為了你，我無法改變我自己……」
大部分的時候，我們都在講著莫名其妙的話。
開車的阿超不時說笑提神，坐在前座的海妹也陪著他傻笑著，
而我聽到「不優越的心情呢，是屬於凡人，和悲劇英雄」時，
也不曉得自己是怎樣的一種屬於孤寂的情緒。
車過東港大橋，三個人回頭望那工業區的點點燈火，
「像不像一個劫後餘生的城市？」阿超有點激動地說。
即使在這麼深的夜裡，仍看得到幾管煙囪裡，裊裊冒出灰煙，
染在深藍灰色的夜空，而此時〈夜襲〉的歌聲響起，
是一種有點殘酷的景象，空氣污染日日夜夜在這城市裡進行著，
「腳尖著地、手握刀槍」的勇士們，只怕也擋不住這文明的巨獸。
過了東港，三個人沉默了好一會兒。
夜是越來越深了，從〈不再讓你孤單〉唱到〈孩子的鞋〉，
幾首歌都反覆唱了兩三回。
車，孤獨地駛在漆黑的二十六號省道上，夜的黑幕緊緊包住了我們。
但是因為有音樂，路，仍走得很踏實。
偶爾出現的幾輛車，都超越了我們，所以大部份的時候，

陳昇・美麗新樂園

就只有我們的兩個車燈照耀著前方的路，是孤寂，也是一種愉悅；

一種意識到自己已遠遠逃離城市的愉悅。

忘記過了多久，話聊得差不多時，驀然驚覺，

車子已在南灣海岸劃過一道美麗的弧線：墾丁，到了！

時間是這樣一個清晨，四時許，我們的心情雀躍起來。

因為要看日出，所以繞過鵝鑾鼻，到龍磐大草原。

沒有路燈的墾丁路上，阿超把車開在車道分隔線的中央，

想像我們是駛在賽車跑道上，盡情飆著……

忘了一夜沒睡的疲憊，天濛濛亮時，我們登上聯勤前的大草原，

雖然滿天烏雲，三個人仍是滿心期待，等著看一輪清澈的日出。

草原旁有著稀稀落落的人群，也在一旁等著，

清晨的海風吹得人涼涼的挺舒服，海妹蹲著蹲著，眼睛閉了起來……

五點十七分，日出了！

先是萬道金光從海平面上射出來，接著很快地，

金黃色的朝陽「躍」了上來，把原本灰暗的天空瞬間染成金色，

接著太陽便以很快的速度，四分之一、三分之一、二分之一，

最後完全跳出海平面，迎接一個燦爛的早晨。

可惜烏雲太多，很快遮住了太陽，人，便慢慢散去了；

這前後，大概不過三分鐘吧！

看完了日出，三個人百無聊賴地在草原上晃著，不曉得要往哪去。

那是清晨近六時的墾丁，草原上有風，我莫名其妙地想唱著那首歌：

「讓我輕輕地對著你歌唱，像是吹在草原上的風……」

唱著唱著，就想躺下來睡一覺。

大老遠從高雄跑來墾丁，在凌晨兩點出發，開了兩小時的車，

居然只是為了三分鐘的日出。

「到底是誰說要這樣來墾丁的？」我問。

到底是誰說要這樣來墾丁的？

發呆天地BBS陳昇版的第三代版服。正面是陳昇給小平的簽名。「天氣很熱，想去墾丁裸奔……」，上圖是版服背面。

19 Chapter

瘋狂歲月

經過

瘋狂歲月：經過

曾經為了聽一場陳昇演唱會，獨自在冬天坐飛機到台東去，來不及回台北的夜裡，一個人睡在火車站地板上。

那年我十九歲，剛好是陳昇筆下正要開始經歷生命中另一種「學會」的年齡。高中畢業後一個人上台北，一個人過日子，一個人面對一個人的孤寂，我很幸運，可以不需要太多的眼淚及太多人們所謂的堅強，就這樣走了過來。

我沒有學會抽煙，卻開始喝酒；沒有學會吸毒，卻開始利用放逐自己來麻醉自己；我也許並不致在一個人回家時，拖著步伐無聊地細數人行道上的紅地磚，卻常常走著走著，忘記了自以為明明已經清楚的方向。

一個紅霞滿天的黃昏，我花去身上剩餘不多的錢，搭上往島嶼東部的小飛機。時序是冬末，風還是凜冽的，忘記自己究竟帶了些什麼行李，只記得走在寒冷蒼白的空氣中，彷彿聽見隔著山嶺以外海濤的怒吼，一個人的我，哼著〈把悲傷留給自己〉，孤寂得想哭。沿著市區外圍空曠的馬路往演唱會場方向走，整條道上落葉紛飛，人車稀少，走著走著我以為就要走到夢境裡去了。

演唱會在台東新站附近一家新開的酒吧裡舉行，場地是露天的。我在夕陽落山以前到達

孤寂得想哭

那裡，溜到最前面的座位坐下，靜待節目開始。「恨情歌」的樂手在舞台前方吃便當、聊天，我想著他們走過了這島嶼的東南西北，又跟陳昇來到這小城市，那屬於漂泊的心情，不知是否曾在某個兩萬英尺的高空上遺落了記憶？寂寞並沒有讓我停止跟自己對話，在一旁無言看了他們許久，想，這樣的樂手、這樣的歌者，其實就是夢想與執著的圖騰。

記得那是場在風裡沸沸揚揚的演唱會。為了一種並不能清楚解釋的情緒，我試著喝冰啤酒，然後將自己丟入音樂分子所擴張出的四度空間裡，放肆地叫喊、搖擺，生平第一次，我發現全身蒸騰著酒氣的微醺感覺，竟是如此美好。夜晚溫柔的風，輕撫我發燙的身軀，五光十色的燈光下，台上的歌手大汗淋漓地賣力演唱，引領我整晚發酵蒸騰的情緒。

在那瘋狂的兩個小時裡，我的孤寂不見了，只剩下忘記自己的暢快。原來原來原來，一個人最快樂的時候，是他不需要去思考自己究竟是誰的時候。當燈光暗下來，音符漸收尾，掌聲消散在夜風裡，人群開始慢慢離去，而我站在那整夜笙歌的露天酒吧門口，怔怔地竟是有些悵然。結束了放肆的狂歡，當絢爛歸於平靜後，我不知那滿地的殘屑究竟可

陳昇・專訪

以將悸動留存多久。

於是我又變成了孤獨的一個人，依依不捨地走出演唱會場。離開前回頭望了望，見酒吧的招牌旗子迎風飛舞，毛筆寫成的三個大字：「水長流」，扭動著它柔軟的身軀翩翩起舞，彷彿宣示著一種永遠。一種誰都不能夠確知的永遠。

當晚我因為趕不上最後一班由台東開出的列車，身上又沒有足夠的錢，只好睡在火車站地板上等待天亮，度過一個蚊蟲滋擾、北風侵襲、寂寞啃蝕的冬夜，整個晚上作了無數個夢，唯獨沒有流浪。

隔天一早，搭上清晨第一班回台北的火車，決定繼續我在城市的汲汲追尋，即使沒有目標，至少可以讓我感覺到真實。離開前我就學電影裡那樣，在鐵軌上撿起一塊磚紅色的鵝卵石，算是為自己的年少輕狂留下一個堅硬而深色的記憶。

這件事在我心中留下了很深的痕跡。即使過了許多年，偶爾卻還是會想起那個冬天，十九歲的我一個人去了台東，在她溫柔的土地上度過生平第一個露宿車站的夜晚。已經忘了當天的演唱會上，歌手與樂手是如何用他們的靈魂帶我到四度空間，但是我無法忘記那個輾轉蜷縮的夢境，是曾經使我那麼深切地體會到在放肆過後，緊接著狂狂襲來的疲憊與孤寂。

那次經驗，讓我從此對夜晚不再懼怕，因為我曾經那麼近與「黑暗」相處了如此久。

事情過去幾年，在即將完成大學學業的前幾天，我又去了台東，在台東新站前迷了路，繞著繞著，忽然間所有的記憶像是衝破了腦裡所為她精心包裝的盒子，在一瞬間全都竄了出來。我經過那家酒吧，只見到廢棄的桌椅堆了滿地，大門已被雜草掩沒而看不見入口，演唱會舉行的舞台上丟棄著成堆巨型垃圾；當時我曾獨自坐著等待節目開始的地方，也因為荒草叢生而完全尋不回那個歡愉和諧的景象。

我佇立在廢墟的門口，悵然看著眼前的一切，竟然不敢相信，我所經歷的那些事情，曾經在那個北風呼嘯的晚上，真真實實地發生過。

特別來賓

瑪莎

五月天樂團貝斯手

【他恨情歌，可是我們恨昇歌】

前幾年在看過海豚先生跨年演唱會彩排的某個夜晚，一個朋友嗤之以鼻地對我說：「喜歡聽他唱歌的人都是自溺的。」

是的，這什麼年代了，你還在聽陳昇的跨年演唱會！？

當滿懷期望準備大聲倒數著「五、四、三、二、一，新年快樂！」的所有人們都聚集到了各種廣場聽什麼五月天、周杰倫跨年去了，你還在等待他的跨年演唱會！？

孩子！該回到現實世界了，好嗎？

當兵那年不用演出的跨年晚上，在二〇〇二年的最後一天，坐在國際會議中心角落的某個位置，聽著他扯著嗓子刷著瘖啞的木吉他唱著〈擁擠的樂園〉時，我在心裡想著：為什麼我還等待著他的跨年演唱會！為什麼不跟所有熱鬧的人群在任何一個充滿吶喊和歡樂的廣場上，用義無反顧的嘶吼度過這一年的最後一刻！

我二十八歲，未婚，感情沒有著落但卻充滿奢求。

對過去有不後悔的知足，對現在有不滿足的追求，對未來有不確定的懵懂。

因為海豚先生，所以我百分之百地相信小王子。

因為海豚先生，所以我百分之百地相信愛情。

因為海豚先生，所以我百分之百地相信男人也有在他人面前流下眼淚的權利。

因為海豚先生，所以我百分之百地變成了他媽的現在這個對未來感到迷惘的變態！

在國中聽著〈擁擠的樂園〉年代裡，說真的，我他媽的不懂他唱的到底是什麼屁！那些怪透了的詞以及要命詭異的旋律，還有不知道什麼時候會突然就這樣把你嚇一大跳的狂飆高音。但是我依然被他歌曲中那些不知從何而來的莫名藍色吸引，我依然買了他的每張專輯，並努力去試著搞懂那些我好像差一點就懂的什麼藏在那些歌裡。

高中的時候，我想我大概開始有點懂了，但那只是「我想」。自己所理解的總是和現實狀況有所差距。

高一的時候吉他社一堆剛學會點吉他，我們這些亂唱一通的小夥子在成果發表會上毫不害臊地唱著〈我的明天〉。

在自己用手抄著歌詞的〈多情兄〉、〈一百萬〉、〈最後一次溫柔〉、〈紅色氣球〉、〈然而〉、〈不再讓你孤單〉上寫著和弦努力練著。

在聽了〈小王子〉之後有莫名所以的問號，所以才在某天夜裡看了《小王子》後為玫瑰、狐狸、還有那隻吞了大象的蛇流了好久的眼淚。

在看了《獵人》和《9999滴眼淚》之後，從此在心裡嚮往著背著一把吉他和攝影機去環遊世界流浪期待經歷許多未知故事的夢想。

那時候也因為〈細漢仔〉和〈一百萬〉而血脈賁張眼眶泛紅，感謝他的憤怒和柔軟給了自己一個憤世嫉俗的出口，還有一個哀傷現實社會的感動。

這是我的高中，以及那個我所認識的沒有人綁得住的陳昇。

大學的日子，許多關於成長幻滅季節變換的歌曲都是屬於他的。

深愛的有著深邃藍色眼睛的女孩在那年夏天要飛去美洲見她的男友，那位在先後順序上原本的情感歸向。所以我在那年夏天的每個下午泡在淡水河邊的咖啡館用隨身聽聽著〈然而〉，茫然地度過那些她永遠不會知道的空洞，重複地在筆記本裡寫著「I want you freedom, like a bird」

用愚蠢並且不負責任的方式拒絕了脾氣倔強的那個女孩，幾個禮拜的冷戰後聽朋友說她剪去了長髮一個人去了海邊，那個我們曾經一起坐著半夜的火車只為了想去坐在海邊發呆的東海岸。而之後我的隨身聽裡放著的是〈六月〉，因為我假想著她是這麼地對我說：

「為了要記得你的模樣 六月在夏天又去了海邊
只要你知道 愛上你有些難過 是晴天 是雨天
走不出愛情的人是呆子 不應該留著一樣的髮型
只要你知道 離開你之後別來無恙 決定要忘了他」

即使她不是雙魚座的女生，而是個敢愛敢恨的射手座。

即使她壓根就不想記住我的模樣，而且可能對我恨之入骨。

和朋友一起在夏天開車奔往島的最南端時，我們在車上大聲地聽著並合唱著〈Summer〉。搖下車窗要瞇著眼睛看遠方海面折射的陽光，迎著海風要深呼吸像抽煙般地在肺裡留住鹹鹹的味道。深夜裡躺在空無一人的遊覽車停車場看星星，然後聽著〈流星小夜曲〉和〈二十歲的眼淚〉，聊著所有關於我們未知和摸索中的愛情和強說愁的憂心。

發了片後的某一個跨年，我們有幸參加了他在新舞台的某場演唱會到場踢館。在即將倒數的那個時刻，海豚先生在〈私奔〉唱到「又要問到下一年你要做什麼」時下台隨堂測驗每個人的新年新希望。我在側台的黑暗角落盯著他逆光的背影，聽著他溫暖而無厘頭的對話。那時候已經是新的恨情歌樂團了，BASS手BASS女王林心怡從前就認識，而那天最印象深刻的新年願望是從她嘴裡說出來的。

每個人都不外乎是開開玩笑的遙不可及或是「每年都希望可以看你的演出跨年」之類這樣預料之中的百無聊賴。可是那個站在台上的唯一女生被問到這個問題時卻只是低著頭，冷靜地說出：「希望有個真心相愛的人在身邊一起度過。」

於是我懷著滿是感動的雞皮疙瘩和泛紅的眼眶撥了電話給那個外號「小綠」的女孩，在分手幾個月之後的這一天跟她說了聲帶點歉意的新年快樂。

在和單純樂觀天真的那個甜美女孩一起開車在深夜的高速公路上，旁邊沉睡著的甜蜜臉龐伴著的是〈風箏〉在流動的車廂和車外不斷倒退的景色之間。就這樣聽著的時候才意識到停不下來的自己竟是風箏，而放在她手中的線正慢慢地鬆開然後不知不覺地就這樣斷掉了。即使她現在依然單純樂觀天真，即使她最後依然不情願地放開了線，即使我迷失的那天最後也沒滑落在她的懷中，即使她現在也許是另外一個人的風箏。

在想念著遠方南國的那個女孩時，會在冬日陽光撒進房間剛起床的中午抽著煙聽著〈思念人之屋〉。只是少了散佈在空氣中的咖啡香、窗台上無言的薄荷草，還有那隻不說話且濕透了的小黃狗。但一樣的是「She's gone」以及這一間「House of Missing You」，以及一樣永遠分不清楚的「想念」或是「失去」。

在等待著有所依歸的那個女孩離開的時候，曾經寫下的信裡只有〈然而〉的歌詞和台東紅葉那場演出的滿天星星。之後沒有了隻字片語，也沒有了熟悉的擁抱身影，也沒有了她再度出現的可能性。

在坐上駛向宜蘭金六結的火車要開始為期兩年的兵役時，腦中浮著的是〈如風的少年〉。沒有軍用夾克的Jimmy送別，可是有奮鬥了很久的朋友們在車外揮手。不是結束了聯考的青春期，可是一樣的是我們都面臨了不得不去告別青春期的憂傷。

某年我們在香港的伊莉莎白體育館和陳昇有一場聯合演出，當晚就在怪獸的房間意猶未盡地拿著木吉他佐以啤酒繼續所謂男人們未完的夜晚。我們拿起吉他，在他的面前厚顏地唱起了〈然而〉。曲未畢，卻因為和弦對錯的問題幾個人就停下歌曲討論了起來。海豚先生微醺地把吉他搶了過去，輕輕地撥了起來，然後輕佻又不在意地緩緩說道（當然那是他一貫半夢半醒間的招牌語氣）：「是什麼和弦有那麼地重要嗎？你希望它聽起來是什麼感覺的它就是什麼和弦啊！」然後在我們的面前，彈著我們從高中到現在再也熟悉不過的簡單前奏，輕輕地又把〈然而〉完整地唱了一次。

這是第一次沒有經過任何麥克風擴音設備廣播或是卡帶CD以及那些串過來連過去的要命線路，只有空氣的流動和我們屏住許久的呼吸聲。這是距離只有一公尺的〈然而〉，即使那些屬於這首歌的那些故事還在心裡迴盪著，可是這個距離的〈然而〉卻激起了過分的漣漪。

在一年前開著車回家的深夜，因為〈子夜二時，你做什麼〉的低吟，忽然湧上了滿溢的後悔流出了心裡滲出了車外。因為在寂寞閃爍著的紅綠燈口點起了一根安慰自己的香煙，因為在孤獨憂傷著的子夜二時準備去迎接那不肯告人（也難以告人）的心慌，所以這首歌成了所有回憶起過去時最殘忍的後悔歌曲。即使你不再想我也許身旁有別人，即使得忍受刀割一般的心疼。

只是因為這些歌曲的故事，所以我要跟那些每年都會固定在他跨年演唱會裡報到的那些傢伙一起度過。我只要個舒服的小小空間，我只要溫暖回憶的那個聲線。在還沒有迷失自己的時候，我還可以在歌曲裡頭找到可能就快要被惡魔吞噬的那個如風的少年。在這一個空間裡的這數千人，每個人都有屬於自己的關於每一首歌曲故事。我們都安安靜靜地聽著他的歌曲回憶著這過去的一年或甚至數年裡的點點滴滴，我們都希望用那個我們都喜歡的自己去迎接這即將到來的新的一年；即使沒有什麼實際的新年願望，即使沒有什麼熱鬧狂歡的慾望。

所以你就乾脆說我自溺好了，或者乾脆就說我們都是自溺的好了。因為不想隨波逐流所以我們才選擇在海豚先生的歌聲裡等待他也許會破音的那份感動，因為不願意去人擠人盲目地度過那重要的一刻所以我們才要跟現在的最愛一起分享這個感動的時刻。

所以黃婷也是這樣吧！我們都因為《麥田捕手》和《小王子》，以及海豚先生的歌曲長大，我們都相信我們要這樣自在自信地活著管他什麼要做大官賺大錢或什麼國父蔣公偉人等等說過的那些屁話。

可是我們都二十八了，在即將邁入三十歲的這個時候，我們都開始懷疑我們可以這樣生存多久！

我們都開始對生活迷惘，我們都開始對心裡的小王子是不是還存在而感到困惑。我們都相信了海豚先生說的小王子，那現在呢！

在即將過了三十歲而小王子就要因為毒蛇而這樣死在沙漠裡的同時，誰來告訴我答案？誰來告訴我在面對這個充滿了用數字以為評價、用計算以為擁有的這個世界，誰來告訴我還能往哪一個星球奔去？誰來告訴我要怎麼呵護並擁抱驕傲脆弱的玫瑰？誰來告訴我要怎麼忍住眼淚並微笑地對忠實溫暖的狐狸告別？

所以我們對他又愛又恨，就一如他對待他的那些情歌！就像是〈恨情歌〉的要命痛恨，可是卻充滿矛盾濃烈的感情。所以他恨情歌，而我們恨昇哥。

華航有天也許會真的帶你到任何地方甚至是中國，容易擔心的小孩子也許有一天真的會將迷失的風箏帶回到他的懷中。

但我只希望自己心裡的小王子還在，而那個如風的少年也還在車站揮手說著Jimmy don't cry。只希望在四十歲的時候，我們還可以因為他還努力地唱著跨年而再相逢，然後我們可以輕鬆坦然地合唱著：

沒有哭　只有笑　笑你當年的荒謬
沒有哭　只有笑　笑我一個人走出風中
沒有哭　只有笑　笑你當年留不住
留不住　就罷了　男人的心其實也會痛

20

Chapter

關於歌

我的明天：

1989年夏天和第一次的陳昇

歌〈我的明天〉　1989年夏天和第一次的陳昇

十二歲那年不知道為什麼跑去買了陳昇《放肆的情人》那張專輯，回家躲在自己的小房間裡用一台幾乎像是玩具的紅色卡式錄音機，聽他「撕裂天空」式的唱腔終結我的童年。那是一九八九年夏天，十幾歲的孩子就算不知道〈青蘋果樂園〉，也該聽著〈想念我〉為即將入伍當兵的張雨生灑淚，然而我卻走進了陳昇的音樂，被這樣一個當時已經三十一歲的男人深深打動。

會有一天　你睜開雙眼
忽然聽見　有人在說
放下手上的遊戲　回到現實的那一邊
什麼時候　你要告別幻想……

盛夏，我在每個早上掙扎著睜眼看見晨曦，金色的陽光會從紗窗格裡透進來，撒滿一個又一個青春期的清晨。出門去學校前，都非得打開音響聽一次〈我的明天〉，在陳昇的歌聲裡換衣漱洗，清醒還混沌的腦子。

嘶啞的嗓音、單調的鋼琴聲、破舊的錄音機、老冷氣機的噪音、不太標準的咬字，那種

1989.00.00
陳昇・放肆的情人

另類的感覺和不被了解的驕傲，混雜出一種必須赤裸裸剝開自我的情緒，為當年還懵懂的我開啟一個逃避世界的出口。那時候我也聽張雨生，也瘋狂迷戀王傑，還對鄭智化及張洪量上癮，但好像只有陳昇，悄悄佔據了內心裡一塊不容被打擾的角落。

現在回憶起來，記不得當年的自己是如何看世界的。因為生活中沒有苦痛，聽陳昇大約也還不是為了尋求什麼救贖，若真要講個冠冕堂皇的理由，可能就是初識寂寞吧。一個人躲在房間裡，跟著那台僅有的錄音機大聲狂吼：「是否所有的人都不在乎憂慮的存在，我也只好學會變得有點癡呆！（到這裡必須破音）」其實才沒有什麼好憂慮的，只是在那樣的年紀，老覺得心裡有什麼想發洩，成長是一罈醉人的醇酒……

不要悲傷　親愛的朋友
抓住那顆　墜落的心
不管你懂或不懂　世界每天都轉動
沒有人能夠拒絕成長

初次親眼見到陳昇，也就在那年夏天一個烈日當空的午後。我和同學從左營大路上的一家麥當勞走出來，發覺本來就狹窄的門口，圍了一小群人。小得不能再小的舞台上，站了一位男歌手，和一位主持人，剛好把所有的空間填滿。主持人是誰，我已完全沒有印象，只依稀記得，陳昇手裡抓著麥克風，沉默望著散亂的觀

眾，瘦瘦高高的他，眼神裡有一種安靜。

觀眾要陳昇唱歌，有人喊〈最後一次溫柔〉，有人叫〈獵人與羔羊〉。結果陳昇清唱了〈獵人與羔羊〉。豔陽燃燒著大地，在北高雄左營這小小的地方，一個沉默的歌手，和一小群聽眾。路上的車子、行人依舊來來去去，並沒有為了什麼而停留。

大概是還有事吧！歌沒聽完我就走了。前後駐足的時間不到十分鐘，從頭至尾，沒有聽到陳昇講一句話。那時候只是愛聽他的歌，對他的人沒什麼印象，因此整個事件的記憶有點模糊。我想，當年自己大概也不知道，此後這個「放肆的情人」的音樂，將陪我走完十多年學生時代的荒誕歲月。

我的明天　沒有發了狂的追求
我的記憶　要有繽紛的色彩
我的明天　期待飛得越遠越高
尋找一片　蔚藍天空

十五年後再回來聽這首歌，感動依然存在，更隨著歲月的淬練而加溫。我不知道現在的自己，是不是真的擁有十五年前所期待的更好的明天，但只要對未來還有點夢，那麼就還是有無數個明天值得期待吧。

21 Chapter

關於歌

然而：若不愛我也請你記得我

歌〈然而〉 若不愛我也請你記得我

這個故事是從網路上看來的：

李文媛把台下觀眾要給陳昇的紙條全收了去，然後交給了陳昇，他一一張開這些紙條，一張一張讀出來。當讀到我的紙條時，是最後一張，我告訴陳昇，我剛和女友決裂了，在陳昇出第二張專輯《貪婪之歌》這時候，我沒有辦法去挽回這段感情，那是深秋的事了。

我送給她的最後一份禮物就是這張專輯，她說很好聽，像是靜夜裡孤獨面對回憶的那種悵然。沒想這首歌真是我面對回憶僅存的依靠了。我請陳昇能唱這首歌給我，也給我的回憶，可我知道對方已經是聽不到了這何止是傷心啊……

「那年，陳昇的歌並沒受到多少注意，他還只是個沒沒無聞的新人。李文媛邀他一起巡迴大專院校，他來到南部時，只在G大學生活動中心前面的廣場上，以階梯為舞台，小小的兩盞探照燈，一個主持人、一個歌手，一小群學生，深秋裡，遠遠地看大概是屬於淒涼吧，可是身在其中，真的好溫暖，聽陳昇唱著〈然而〉……

然而你永遠不會知道　我有多麼的喜歡
有個早晨　我發現你　在我身旁
然而你永遠不會知道　我有多麼的悲傷
每個夜晚　再也不能　陪伴你……

那年陳昇和李文媛的大專院校巡迴，我也參加了一場，在高雄醫學院，是當時念高醫的

家教老師帶我去的。我還記得他胖胖的、捲捲頭，講話的聲音很溫柔、很好聽，一張圓臉笑起來格外可愛。媽媽請他來家裡教我最弱的數學和理化，其實一直沒印象他解開了我什麼學業上的疑惑，卻始終感謝他常會帶我去看表演，包括陳昇跟李文媛的這場校園說唱會。

那天傍晚放學後，我背著印有「壽山國中」字樣的書包，制服也沒換，就在校門口坐上家教老師的摩托車，往高醫而去。他怕我坐不穩掉下去，一路上要求我抱著他的腰，我就抱著，感覺到一種安心的溫熱……

活動在一個狹小的房間舉行，裡面有一個小小的舞台。在場的幾乎都是大學生，只有我一個國中生，一聲也不敢吭。陳昇抱著一把空心吉他，坐在舞台邊緣；李文媛手上拿著歌迷的信，用她主持「午夜琴聲」的輕柔嗓音一字一句地讀著。那天陳昇依然沒說太多話，只用他一貫「就這樣吧」的態度，回答學生問題。有人點歌，他抱著吉他唱了〈然而〉，滿室鴉雀無聲的學生，吉他弦音哀悼著無可奈何的戀情。當時我什麼也不懂，只是想哭。家教老師坐在我身旁，用他厚實的手掌，輕輕拍了拍我的肩，我一抬頭，看見他笑得很可愛的樣子。

國三之後因為每天都要留校很晚，媽媽辭退了家教老師。我不知道為什麼覺得有點難過，躲在房間裡哭了幾天。想起他帶我去聽陳昇的那個晚上，想起歌裡面的哀傷曲調，人生中第一次感覺到一種模模糊糊的無奈。

上大學後又愛過幾個人，終於一一走過陳昇那些經典傳唱的情歌裡的甜蜜和無奈，每次也都是挖心掏肺、刻骨銘心，卻從沒能換到一個未來。付出得再多也無法承諾永遠，感情是人類最無能為力的原罪。才知道陳昇唱〈然而〉的心情，早就是什麼都一去不復返，只剩下垂死掙扎的苦苦哀求了。莫名所以地愛上一個不該愛的人，大約就注定了一生無法靠岸也沒有燈塔的等待。

都說陳昇的情歌唱的是男人的心情，可為什麼每次分手時，聽著陳昇的歌、哭得最心碎絕望的都是我。總要花好多年試著去忘記，卻又老在以為已經要成功的時候，某個深夜裡眼淚又不聽使喚地狂飆。曾經那樣為了一個人把整個自己交出去，分道揚鑣之後卻可能一生形同陌路，以往的甜蜜美好相互扶持，就可以統統都不算。人際之間的離散，我是怎麼也無法習慣……

再堅毅的人也抵不過時間的洪流，踩過了歷史，過往就都成為塵埃，無論我們願不願意。可或許，總是有那樣一段愛戀，就像是年輕時候的一個家教老師，那種簡單但是深刻的感覺，可以藏在心底，一輩子……

當頭髮已斑白的時候　你是否還依然能牢記我
有一句話我一定要對你說
我會在遙遠地方等你　知道你已經不再悲傷
I want you freedom, like a bird!

然而你永遠不會知道　我有多麼的喜歡
因為有你　等待也變得　溫暖
然而你永遠不會知道　我有多麼的悲傷
在你心中　我還沒有名字……

若不能愛我，也請你，記得我的好……

一朝醒來是歌星
陳昇
文字／音樂
我只是沒找到比「歌星」更令我快樂的事做
就「一朝醒來是「歌星」」了……

Chapter 22

關於歌

姑姑：

活著的人必須思念和堅強

歌〈姑姑〉 活著的人必須思念和堅強

阿嬌是高中時代的一位數學老師。她總是喜歡像齊豫那樣，穿著一身薄紗衣優雅地走在校園裡，輕飄飄的步伐，無聲無息。我沒有正式被她教過，但因為高二那年擔任班上的「數學小老師」，常往辦公室跑，也就跟許多老師混得很熟。阿嬌和我的數學老師是全校「唯二」的女性數學老師，她倆自然而然較親近些，連小考的試卷都常互通有無。

班上同學都比較喜歡考阿嬌的考卷，因為直接淺白，寫起來輕鬆愉快。而我的數學老師出題則出名的刁鑽，人人叫苦連天。我常跑去找阿嬌問數學問題，她有著好聽的聲音，和那專屬於學佛的人的獨特氣質。有時候，我甚至因為太專心聽她說話的語氣，忘記了她解說的內容。好友珮是阿嬌班上的學生，常常她跟我抱怨：「阿嬌講的課我都聽不懂啦！我的數學要毀在她手上了……」而我都只是笑笑，想著阿嬌笑的樣子……

高三那年，阿嬌退休了。不捨的感覺只在我心中浮起了那麼一下下。她是一個特別的人，有著吸引我的特質，但那年，我還要面對人生更大的考驗，對於這樣一位老師的離開，也沒有太在意。只是不再有她簡單的考題可以考，有時想起，會有些許懷念。

上大學之後的某一天晚上，突然接到珮的電話，得知阿嬌去世的消息，狹心症。一個有點陌生的病名，驟然奪走一位長期念佛好老師的生命。阿嬌的生活一向豁達，從不曾疾言厲色，好像沒什麼掛心的事，豈知最後卻是這樣一種關於「心」的病症帶她離開。珮告訴我，她有點後悔當年都沒有好好聽她上課，不記得阿嬌跟他們說的任何一句禪語，只在她講故事的時候才專心那麼一下下；上大學後她才領悟，阿嬌教他們的方式，跟大學教授一模一樣……」我聽了只是笑笑，想著阿嬌笑的樣子……

夜裡洗澡的時候，腦中不知所以地一直盤旋著那旋律：「黃昏的風中，漫著香箔的氣味，我在飄動的幡布後，看見您偷偷地哭泣……」非常非常哀傷地說著一個關於死亡的故事。從來沒有過的感覺，那吉他聲敲得我好痛，陳昇唱出的一字一句，都像是在挖心掏肺。不一樣的人，不一樣的時空，一樣的生離死別，而活著的人，必須要思念和堅強。

沒有人真正的了解　那是怎麼樣的痛楚
是否擁有的開始　就是失去　失去的最初

我知道，慢慢會有越來越多曾在我生命中駐足的人，悄悄地跟這世界告別，跟我告別。我也許會知道消息，也許永遠不知情；也許偶爾會想念，也許此生再也不會記起。但生命就是注定這樣地來來去去，再怎麼樣的失去，也應該都無法摧毀前方的路。面對人生，我們總是要不斷向前走去的。

只是那個晚上，我望著明天要考的日文，耳邊仍是那好哀傷的旋律，忽然覺得，考試、事業、成就好像也沒什麼了……

面對人生，我們總是要不斷向前走去。

發呆天地BBS陳昇版的第一代版服。陳昇和阿煜的漫畫造型，由好友王儀雯所畫。

23

Chapter

關於歌

老嬉皮：

遊子的第一滴眼淚 (1997)

歌〈老嬉皮〉遊子的第一滴眼淚

升大三那年暑假，跟好友宜君到美西自助旅行，從西雅圖往南，一路玩到洛杉磯。兩個二十歲的女孩子，身上背著二十多公斤的大背包，沒有詳盡計畫、英文也不是太好，風塵僕僕，到處鬧笑話，竟也糊里糊塗地闖了二十多天。

第一次沒有跟父母出國，第一次離家那麼遠，第一次完全自己決定前進的方向，第一次體會到所謂流浪，其實並非浪漫，而是投入一種前所未有的陌生，尋找自己。

旅行到第十八天的時候，兩人都累了，清晨醒來，並肩躺在舊金山某廉價旅館的床上，互訴想家的心事。拉扯良久，好不容易達成共識，一定要撐完我們預定的三十天行程，心裡面卻是一萬個不確定。然後我出門買早點，舊金山的清晨空無一人，滿是濃霧，空氣很涼；我縮瑟著身子跑過對街，用路邊的公用電話打給在台灣的a，她跟我說，陳昇出新專輯《六月》了，有首歌我一定會喜歡。

隔著越洋電話，a把〈老嬉皮〉放給我聽。那是我第一次聽這首歌，在遙遠的異國，昇哥熟悉的嗓音在電話那頭，斷斷續續卻充滿了熟悉撫慰的感覺。當那前奏的吉他聲一出來，我就開始哭，一直哭到整首歌唱完，我整個人蹲在地上站不起來，淚水佈滿了整張臉，看出去的景色是模糊一片，心裡面糾結著過去十多天以來的挫折、徬徨、陌生、恐懼與無助……

從電話裡，歌詞聽得不太完全，但有幾句是可以聽明白的：「你要尋找最美的天堂，只是哪裡是遊子的去向，藏在心底的情歌不斷地翻唱，走在西風中掩住了臉龐……」孤單的吉他聲將一個遊子的孤獨完全挑起；怎麼有人可以那麼了解我的心情？

擦乾眼淚，我回到旅館，跟宜君說，對不起，我撐不下去了。宜君說：「其實我也是，剛剛不敢告訴妳……」後來我們搭上由洛杉磯回台灣的班機，當飛機升起時，我的心中沒有遺憾。

二十出頭的年紀，二十天的去國離鄉就彷彿是二十年了。後來我赴美留學，幾年下來也就習慣了一個人出門在外的日子，恐懼不再有，心裡面的孤絕感卻是與日俱增。終於夠堅強可以不會因為一首歌觸動心情就衝動地跑回家，但人在異地的失根感覺，從來不曾離我遠去。好幾次在異鄉的城市裡聽〈老嬉皮〉，用那平穩親切的聲音緊緊包圍住自己，眼淚已經流乾，對於家的情感卻總是更加濃烈。

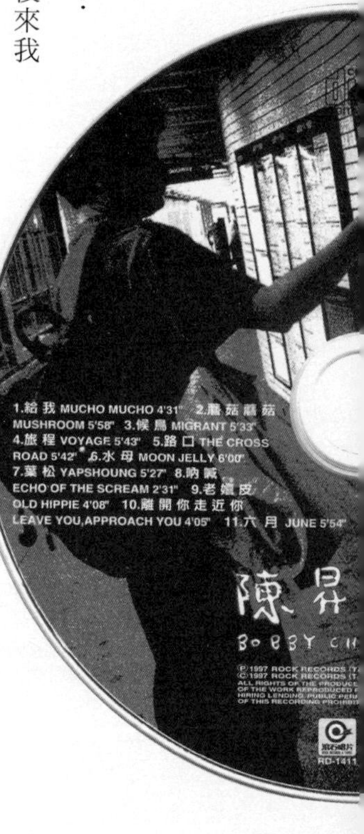

一次體會到所謂流浪，
其實並非浪漫……

24

Chapter

關於歌

把悲傷留給自己：

真正的悲傷好難說出口

歌〈把悲傷留給自己〉　真正的悲傷常常好難說出口

每次聽到這首歌，都會想起一個蹺家的故事。

那是在大學時候，有一次中午休息時間，看見好友徵和芳兩人站在走廊上聊天，我就湊過去問：「ㄟ在說啥悄悄話啊？」徵說：「我們在唱〈把悲傷留給自己〉，可是怎麼也湊不完整那歌詞……」

「哈哈哈，高手在這啊！」我雖然心裡奇怪，這兩個平時聽我提陳昇都不太鳥我的傢伙，居然認真地唱起陳昇的歌來，不過我還是很興奮地表示，可以教她們。徵說：「嗯！快教我吧！」

「能不能讓我，陪著你走，既然你說，留不住你……」在普通大樓的三樓走廊上，我念一句，她們跟著唱一句，唱到「如果這樣，說不出口……」時，上課鐘響了。我一邊唱著一邊走回教室，心裡覺得說不出的愉快。

當天晚上十點多，當我正在宿舍被日文搞得頭昏眼花時，徵的母親打電話來，說徵還沒回家，問我知不知道她在哪裡。我有點訝異，她是很乖的女孩，從來不亂跑的，若是真的要晚回家，一定會打電話告訴家人。徵的母親說：「早上我為了她男朋友的事情，念了她幾句……」

我才想起今天一整天徵的心情都不大好，開始有點自責，我竟然沒發現到朋友的困擾，連她下午突然說要蹺課去KTV唱陳昇的歌時，我都沒意識到事情不對了，還斷然拒絕說我晚上要念書。後來終於打電話在芳的宿舍找到了徵，我告訴她，回家吧！家人會擔心的。她說好。但那語氣卻平靜得讓我不安。

夜裡騎著機車到新店，想去看看徵，可在她家樓下晃了一會兒，我又把車騎回家。很冷的夜風，莫名其妙讓人有些傷感。我想到下午徵唱歌的神情：「我想是因為，我不夠溫柔，不能分擔，你的憂愁……」心裡就又糾結了起來……

後來她跟那個男孩分手了，來龍去脈我都不清楚，只知道分手那天徵看著男孩斷然離去的背影，傻傻地流淚了很久。她沒再跟我提起那段感情的一切，而我知道，一個女孩的故事，就這樣放進一首歌裡了。

陳昇 1996跨年演唱會台北國際會議廳

曲目RunDown 表

曲序	曲目	時間	備註
1	獵人與羔羊	3:53:00	今天：12月30日
2	恨情歌	4:20:00	
3	別讓我哭	7:54:00	
4	如風少年	5:57:00	
5	龍舞	4:11:00	
6	擁擠的樂園	3:21:00	
7	歡聚歌	6:42:00	
8	自助餐	4:51:00	
9	無情兒	4:18:00	
10	寶島曼波	4:24:00	
11	船長要抓狂	5:18:00	
12	河壩唇的阿伯	6:07:00	
13	錯愛	4:37:00	
14	台北附近	3:54:00	
15	MBT	4:54:00	
16	打了一把鑰匙給你	5:03:00	
17	雨季	4:34:00	
18	爲愛痴狂	4:53:00	
19	子夜二時+最後一盞燈	7:09:00	
20	把悲傷留給自己	5:02:00	
21	然而	5:11:00	
22	新樂園	5:35:00	
23	責任	4:59:00	
24	嗚哩哇啦 ROCK *N ROLL	4:03:00	
25	紅色汽球	4:35:00	
	特別來賓　辛曉琪		
26	荒唐	5:02:00	
27	Winter Light	3:13:00	
	抽獎		
28	寶島戀歌	3:45:00	

●陳昇個人第四張專輯已經出版，陳昇自「擁擠的樂園」的人文低迴，到「放肆的情人」的溫情感性，「貴婆之歌」的指控和實驗，他的創作主題自自我感歎延伸現象隱喻，草根性十足的製作方式，變化成精確、實驗作風的概念呈現。此張定名爲「私奔」的專輯，陳昇讓它回到音樂的本質，創造一種純音樂的愉悅，而「私奔」二字，代表着陳昇一種期許的解脫和情緒的釋放。陳昇的私奔是衆目睽睽之下絕塵而去。

●模特兒：陳昇
企　劃：劉靜德　童立婷　顧家嘆　劉長灝
演出專輯：恨情歌
很難用任何特別類型去述說陳昇的穿著，率性的牛仔褲一如他音樂中給人的灑脫印象。

陳昇 1996跨年演唱會台北國際會議廳			
曲目RunDown 表			
曲序	曲目	時間	備註
29	阿妹	3:33:00	
30	多情兄	5:23:00	
31	只有孤單陪伴我	4:03:00	
32	水泥山	5:14:00	
33	跑路英雄	6:15:00	
34	鼓聲若響	4:18:00	
35	HOTELU	4:20:00	
36	無緣	3:20:00	
37	最後一次溫柔	4:55:00	
38	風箏 + 夜 + 風箏	7:30:00	右側 等你一万年
39	二十歲的眼淚	6:20:00	
40	細漢仔	6:23:00	
41	一顆流星	5:00:00	
42	半生情	4:36:00	
	ENCORE		
43	愛與死	7:53:00	
44	一佰萬	5:37:00	
45	日出	5:55:00	
	曲目總長	228:20:00	*3小時48分*
	STAND BY 曲目		
	LAST ORDER	5:02:00	
	壞子	7:03:00	
	福爾摩莎	4:38:00	
	月光華華	5:26:00	
	作伴	5:08:00	

1996跨年演唱會的RUNDOWN。是我在演唱會結束後，無意間在大廳賣周邊商品的桌上發現，雖然已經皺皺的，可對我而言是如獲至寶。

25

Chapter

關於歌

河：

飛越了黃河卻飛不過命運（柯受良）

認識小黑柯受良是從一些台灣的老電影裡，他身材壯碩，皮膚黝黑，雙目炯炯，總是演黑道兄弟，戴副墨鏡，理個小平頭，那形象一眼看上去就像是黑幫的「大哥」。曾看過李崗有部電影叫《條子阿不拉》，很傳神地完整刻畫了小黑的銀幕形象，從此他成為我心目中飾演台灣大哥的完美人選之一。

然而，台灣電影環境不好，什麼樣的演員也沒人在意，小黑拍的電影也不是很多，漸漸我就把這人從記憶裡擱下了。只後來又陸續聽說他其實是特技人員出身，會做電影特技，也酷愛機車特技，騎車飛越了長城也飛越了黃河，過程中新聞報得很大，轟轟烈烈地完成一個男人從小的夢想，造就了英雄的故事，聽起來很像是電影裡才會發生的情節。

再度他的名字在我腦中鮮明起來，竟是因為陳昇的音樂。一九九六年在《SUMMER》那張專輯中聽到〈河〉，無比感動。飽滿的弦樂和英雄式的節奏，陳昇和柯受良一起合唱，兩人的聲音都粗厚隨興，有著血性漢子的樸實。音樂很渾厚，鍵盤音跳躍其中，充滿飛越的空間想像，每次聽著聽著，就彷彿能看到在中國大陸的黃河滾滾，一個漢子跨上他的機車睥睨四方，四野風聲呼嘯，沙塵漫天，引擎聲騰空而起，男人驕傲的夢想飛越在天際……

像一隻飛鷹　你的目光如箭
堅毅的胸脯中　懷著滾燙的熱血

在風中有我們的約定　齊唱勇者的歌
Run River Run　黃色的怒吼
Fly Boy Fly　Up Up To The Sky
黃色的臉孔　是千年的驕傲
Fly Blackie Fly　這是千年約定的相逢

曾經在某場陳昇的PUB演唱會，親眼見到陳昇與小黑在台上合唱。那景象對我而言很有種象徵性意義。想他們倆都是年紀稍大心裡仍有點夢想的男人，都對天空、土地、飛越這樣的意象有些執迷，陳昇寫這首歌，多半也帶著些惺惺相惜的意味吧。那天我沉浸在他們粗獷的歌聲裡，感覺胸腔中好像有什麼東西，很實在地，很安靜地，那樣存在著。

或許，那就是類似我們稱之為「夢想」的東西吧。一個好模糊的名詞，但那天在兩個男人的音樂裡，我真的感覺到了。

二〇〇三年底看到柯受良的猝死的消息，是一個平凡的早晨。我整個人愣在電腦螢幕前說不出話來。就在差不多的階段裡也聽到了梅豔芳的死訊，忽然覺得一切都很不真實，這個世界也許隔天就會像泡沫一般消失了也不一定。生命是那麼無常，夢想是那麼虛幻，快樂又是那麼短暫。小黑勇敢飛越了黃河，可是他終究飛越不過命運，他注定成為傳奇中的漢子。

我在網路上閒晃搜尋新聞報導，下意識想知道陳昇對這樣一個朋友的離去的感覺，但沒有找到。然而或許那也不重要了。一首歌留住了一個人的形象，我想就已經足夠。

或許，那就是類似我們稱之為「夢想」的東西吧。

26 Chapter

關於歌

如風的少年：

有個一輩子的朋友是重要的

歌〈如風的少年〉 人生有個一輩子的朋友是重要的

Dear 珮：

距離妳的婚期只剩下一星期，想妳現在一定正忙得不可開交；近十八年的友誼，我們一起走過人生裡大大小小的喜悅和風波，一起經歷困難和險阻，於妳人生最重大的一場典禮上，我卻沒能在妳身邊看妳步入紅毯。可我知道妳會了解我的無奈，會知道我的牽掛，也感受得到我真誠的祝福。經過那麼多個年頭，我們之間的情感早就不是靠見面擁抱來產生溫度；我知道妳心裡的某一塊角落總會藏著我，我也永遠都告訴別人妳是我這輩子最好的朋友，沒人可以取代，即使有時候我們一年可能見不上一次面。

常常我會想起我們第一次見面的那個游泳池，九歲的我倆一起被身為海軍職業軍人的父親送去學游泳。盛夏豔陽裡，妳戴著彩色泳帽，在隊伍中拉長了身子做伸展操。爸爸告訴我妳是他朋友的女兒，當時我的眼光只不經意在妳身上掃了一下，卻不知就這樣交了個一輩子的朋友。

我們一起在眷村裡上小學，同班四年中，每天一塊兒走路回家。先到妳家，覺得聊不夠，妳再繼續陪我走回家，還是常覺得意猶未盡，於是我又再回頭陪妳走回家。一段半小時不到的路程，總要被我們走上一兩個小時，到夕陽西下才依依不捨地說再見，像是要分離很久似的，其實隔天一早才又要見面的啊。回家的路上會經過大操場，有時候我們停下來看大人們打業餘壘球賽，坐在草原上吹晚風。夏天時，沿途撿火紅鳳凰花的花蕊玩，比賽看誰先把對方的蕊勾斷；偶爾買路邊的雞蛋冰，邊走邊吃時還得左顧右盼，怕老師好死不死剛好從旁騎車經過，會被削一頓。有時候我愛賴在妳家跟妳弟搶任天堂玩，超級瑪莉、坦克大戰、泡泡龍都是我們的最愛，有幾次還差點跟妳弟打起來。偶爾我想，真要打起來，妳會幫誰呢？

老天爺好眷顧這段友誼。我們考上了同一所國中的資優班，離開眷村到十多公里外的壽山山腰上去讀書，繼續每天一起搭公車回家。那陣子我好愛聽陳昇的歌，往往在晚風吹起的放學時刻，妳陪我走下山，一路上聽我唱歌：「Say Goodbye to the Crowded Paradise……」妳知道，這世上說我唱歌好聽的人，一直只有妳。

在我瘋狂迷金庸的時候，妳就聽我講故事，講我的武俠夢。我為了心儀的理化老師狠狠K書，妳陪著我去他辦公室問問題，在我緊張得半死時用力把我推進去。我們一起去立德棒球場看球賽，一起穿著紅色上衣、戴紅色棒球帽，用力敲打加油棒，瘋了似地高聲尖叫；開賽前擠到門口等黃平洋入場，在味全龍輸球的夜晚，妳陪著眼眶紅紅的我沿愛河畔沉默走那長長一段路。我收集棒球卡，妳就替我買芝蘭口香糖；我收集張雨生的照片，妳也一盒接一盒地幫我吃可口哈士。年少輕狂的歲月裡，妳一直都在我身旁，分享我所有的喜怒哀樂，支持我的熱情，鼓勵我的未來。我知道，就算有一天全世界的人都把我踩在腳底下，那麼除了我老爸老媽之外，妳將是那個唯一始終相信我會流芳百世的人。

上高中以前我們常常吵架，為一些到現在我一件也記不起來的小事情，可幾乎每一次都是我先說「斷交」，又主動要求「和好」。妳用寬大的胸懷容忍我的任性，一次又一次接受我的無理取鬧，只在我幼稚地跟妳要回所有我寫給妳的信時，妳堅定地搖搖頭。妳說我寫的信老是讓妳哭，就像當班長時我一站上台講話就能讓全班靜下來。

妳十五歲喜歡上一個男生，我們一起研究對方到底是個怎樣的人；妳為了愛情不知所措，我與妳站在斑城的長廊上彼此相對無言。上了高中我們終於沒能再同班，但幸運地還是進了同一所學校，就只樓上樓下的距離，兩人還是天天都要見個面，發洩讀書的苦悶，抱怨老師的嚴厲，也聊聊那些已經慢慢消逝的童年記憶。高三留校苦讀的歲月裡，我們總在傍晚吃過飯後，相偕繞著操場走了一圈又一圈，走到星光滿天時妳就教我認星座，指出射手座的腰帶和北斗七星的杓；畢業典禮那天我坐在樓梯口大哭，提不起勇氣跟一切說再見，妳陪在一旁默默替我禱告。

那年夏天過完，我倆在北上求學的前夕，彼此心照不宣地跟過去告別，結束八年來朝夕相處的日子。妳進入風城開始管理學院的新生活，我陷身紙醉金迷的台北探索文學的殿堂。想起年少時常聽的那首〈如風的少年〉，如今才更體會到歌裡深沉的無奈，一直沒告訴妳的是，有幾個晚上自己真的哭得好厲害。

彼此都知道每個人都有自己的路要走
沒有時間為失去的日子傷悲
勇敢地揮手道別　努力要留些美好的記憶在心中
Don′t cry, Jimmy Jimmy don′t cry

如風的少年

二十多年來，我始終沒有學會樂觀面對分離，無法信任人與人之間任何形式的情感能敵得過時空的阻隔，總覺得往往一轉身，就是蒼茫的天涯了。然而只有妳，卻一直讓我放心。上大學後我們台北新竹兩地分離，生活不再有交集，就連攻讀的領域也南轅北轍，慢慢地，見面少了，聯絡少了，再不能如以前那樣緊緊相繫；然而神奇的是，就算好幾個月沒見，隨時拿起電話還是可以自然聊上一小時，相聚時也完全不生疏，不必噓寒問暖，不用客套拘謹。我可以一進妳房裡就任意躺上妳的床、打開妳的電腦、逗弄妳的貓，等著妳招呼我吃美食、出門去兜風玩樂。我也依然可以告訴妳我所有的心事，即使妳不再能夠與我一起經歷，但我總能感覺妳關心、願意傾聽。妳讓我知道有一個願意傾聽自己的朋友，是多麼幸福的事。

大二那年，濤濤給妳的第一封情書，妳轉了給我看，問我這個男孩怎麼樣，我說他可愛而真誠。不久後，妳告訴我你們在一起了。妳花了三年多才平復失戀的創痛，我也開心妳終於找到可以安心分享人生的男孩。濤濤給了妳新的生命和生活，妳找到了長久渴望的幸福。我們見面的機會更加少，但妳依然會陪我去聽陳昇的跨年演唱會，在他經過我倆身旁時，還跟我一起搶著握他的手。我也和濤濤成為好朋友，聽他天馬行空的談吐令我莞爾，聽他告訴我行動電話為什麼有單頻和雙頻。

大三的寒假，我們三人騎著兩輛機車去環島，我跟在妳和濤濤那輛光陽的金勇後面，感激你們陪著我一一去尋找陳昇歌裡的名字。車籠埔、十七號省道、台南七股，當然還有藍色的墾丁。滿天繁星的夜裡，妳和我並肩躺在聯勤大草原上看星星，耳機裡有〈風箏〉的弦樂飛揚，露水沾濕了衣襟，青草扎著腳，海風拂來有些醉人，妳說好懷念小學時候我們為了引起老師注意而串通做的傻事，我說當國小學校的兩層樓教室都拆掉了蓋大樓，我知道我們再也回不去了。

真的，我們再也回不去了，但是我們還可以並肩往前走。〈如風的少年〉歌裡的故事讓我心痛，然而或許更心痛的是自己的故事。要怎麼去告訴別人心中總是對逝去的過往不捨；即使妳已經要結婚了，我都還想說服自己其實還很年輕，還能保留住一份純真不渝的年少情懷。十四歲那年聽到這故事時的感覺只是年少不知愁的惆悵，卻不曉得這樣的惆悵竟不斷在我往後的生命歷程中發生。

像夢一樣狂狷的少年　懷抱著無比偉大的夢想
如今只在起風的夜晚　我才想起那張靦腆的面孔
喔　如風的少年　究竟是失去了什麼
不知道是我為吉米難過　還是吉米要為我感到傷悲
喔　如風的少年　喔

珮，妳知道我不曾信教，但我要感謝妳信仰的神，感謝祂給了妳一個美好的歸宿，更感謝祂讓妳認識我，陪我走過那麼多年的風風雨雨。我們都好難去習慣一去不復返的光陰，都曾為褪色的夢想和美好的過去感到惆悵，但我們都一直記得且真心關懷著彼此。是因為妳的鼓勵，我總告訴自己即使不能流芳百世，也一定得在這一世中活得不太差。

我是真的這麼想的。

1997.05.00

陳昇・時人雜誌

Chapter 27

關於歌

愛與死：音樂未曾停止

想念阿煜的情緒，往往都在不自覺時，悄悄地鑽出來。

有時候，會想起在演唱會上，他唱〈寶島曼波〉時手裡敲著的樂器，想起他唱〈台北發的夜班車〉時專注的神情；想起他吹著薩克斯風，〈寶島戀歌〉的前奏，他眼睛會閉起來，兩手抓著那金黃色的薩克斯風，舞台燈光照著他的臉，那種陶醉；想起他唱〈無緣〉將我們的心都揪在了一起了，更忘不了他唱起〈阿妹〉時，全力釋放的忘情表演……

阿煜離開陳昇的舞台很久了。剛離開的前幾年，我們還常到他店裡坐坐。他開過小PUB，也開過客家菜餐廳，我們都去過，去那邊喝酒吃飯，把「阿煜的店」當作我們聯絡感情的另一個基地。有時候會碰到阿煜，跟他聊天，知道他不會放棄音樂，知道他一直都明白自己在做什麼，知道他過得很好，然而，我卻總還是忍不住懷念起那段新寶島康樂隊在舞台上搞笑的時光。

然而，然而，只要時間不停止，世事就不可能沒有變化。一九九六那年的演唱會，阿煜用薩克斯風專注地吹奏著〈無情兄〉，我還記得陳昇鼓起腮幫子吹喇叭的模樣，兩人相視笑

著，時間在舞台上靜止了。

那個晚上讓我最感動的一幕，是阿煜跟陳昇唱〈愛與死〉，那是陳昇至今唯一一次在演唱會上唱這首歌，唱著唱著，兩個大男人就抱在了一起，偌大的國際會議中心，弦樂，和聲，靜止的時間，有淚水在裡面。

愛與死　應該是　一體的兩面
愛與死　我不怕　因為我　有付出　沒欠債
愛與死　阮的土　有阮滴落的血　流的汗

你和我　一起走　心頭定　免著驚　有聽見我們勇敢的歌聲
你和我　一起走　因為愛　因為土　因為鄉
你和我　並肩走　從來不害怕　有一天　會躺在　這土中

其實，大部分的時候，我是可以不要想起阿煜的；至少，在聽陳昇的時候，可以不要想起那些演唱會上的回憶，而只單純地聽歌。但就是有時候，在不知名的地方聽到客家歌曲，聽到那些帶著苦澀卻又坦然的旋律，總會不自禁憶起阿煜唱歌時的神情。

而音樂，未曾停止。

總會不自禁憶起

阿煜

唱歌時的神情……

28 Chapter

關於歌

脫軌：一顆棒球重不過國家的靈魂

歌〈脫軌〉 一顆棒球重不過國家的靈魂

二○○四年八月二十日星期五，台灣時間下午三點半，奧運棒球賽中華隊的第五場比賽在希臘的天空下開打，對手是已經四連敗、晉級無望、面對中華隊也從來沒討過好的披薩國義大利。中華隊絲毫沒放鬆，祭出旅日強投張誌家，排出全力搶勝的先發陣容，賽前所有輿論一面倒，這是場中華隊唯一被認為毫無疑問可以必勝的比賽……

上千萬的台灣同胞在看電視轉播、在聽廣播轉播、在看線上文字轉播、在爭相詢問、在口耳相傳，大家在等中華隊順利拿下這場勝利，好穩住進準決賽的希望，穩住我們等了十二年的奧運棒球獎牌。數十年來，我們以彈丸之地在國際場合上為國家尊嚴奮鬥，無比艱辛；是棒球讓全世界看到台灣，是棒球讓被打壓的我們獲得更多被公平對待的機會，我們把一國榮辱繫上那顆小小的紅線球，「中華隊」走入世界體壇的焦點就不再只是一支棒球隊，更是福爾摩莎千千萬萬人的希望和尊嚴。

張誌家眉頭深鎖，葉君璋雙目如電。八月下旬，希臘的塵土火熱，陽光刺眼。往後的三小時裡，中華隊在苦苦追趕中陷入苦戰，義大利的全壘打一支接著又一支，中華隊得點圈的殘壘一次又一次。他們先馳得點，我們追回來，他們再超前，我們再趕過，他們又追平，如此僵持到七局下，終於，「恰恰」彭政閔的一支陽春全壘打，讓中華隊再度取得一分領先，

全國觀眾提心吊膽，「守住最後兩局吧，天佑我中華！」

無奈，天不佑我中華。九局上義大利的一支兩分全壘打，打碎了千萬台灣同胞的心，打斷了我們苦等十二年的奧運奪牌之路。再沒有比輸掉該贏的比賽還要更不可原諒的事，然而，也再也沒有比這樣的結果更能證明棒球場上「球是圓的」這句千古至理。

敗戰投手陽建福在休息室裡垂頭喪氣，執行總教練徐生明的墨鏡掩蓋不住他臉上的失落。我們輸了。不管台灣網路上多少毒蛇評論，不管世界媒體上多少錯愕或訕笑，成王敗寇，這是中華隊該承受的結果。

守著電視看球賽的整個下午，我全身都在冒汗。結束後，高雄下起一場傾盆大雨，將夜幕罩上一層水霧，感覺好像是整個台灣在哭泣。阿超打電話來，劈頭就是一句「X！」然而我們都知道，除了跟朋友抱怨幾句，畢竟仍是大勢已去，無可挽回，多說無益，只能面對。

BBS上罵聲震天，我的心情盪到谷底，想，遠在愛琴海畔的中華隊，會用什麼樣的心情度過這個難捱的夜晚。我們在家裡吹冷氣、看電視、上網打打字品評一切；他們則身在異地，頂著大太陽，憑藉一個手套與一支球棒，就要肩負幾乎要等同於民族榮辱的使命。可是，那麼多的期待和苛責，究竟我們給了這群辛苦的球員什麼？他們沒有高薪，沒有商務艙，沒有五星級飯店，沒有習慣的伙食，卻被要求水準以上的演出，被賦予國家重任，我們怎能忍心再苛責？

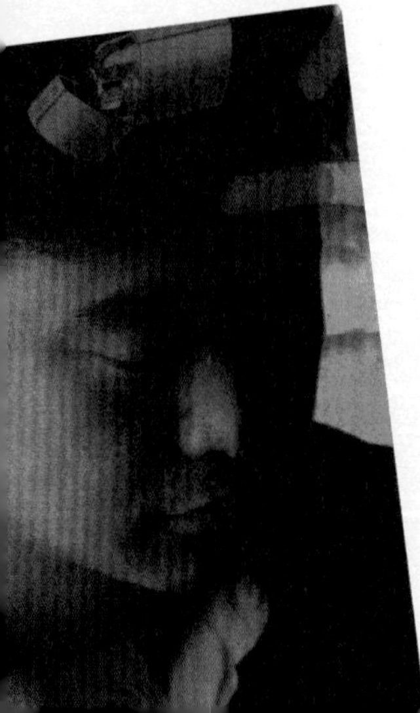

嘗試動物能夠忍受壓力到何時 壓力要到何時

阿超說，中華隊在比賽的時候，他常常想起陳昇的那首〈脫軌〉：

懷疑自己是否真的在乎　在乎自己算不算個人物
人物應該能夠什麼狀況都挺得住
挺住顫抖不肯妥協的腳步　腳步踩著革命一樣的嘗試
嘗試動物能夠忍受壓力到何時　壓力要到何時

每當我在人生裡面臨重大壓力的時候，也常常想起這首歌。CD裡那年三十二歲的陳昇，唱得聲嘶力竭。社會上洶湧的滔滔巨浪湧來，人在其中總是渺小不堪，明明是螳臂擋車卻又必須承擔各種期待，親近的人給你壓力，局外人張牙舞爪地對你品頭論足，對手在背後等你摔得鼻青臉腫，而你只能顫抖著不肯妥協的腳步，在狂風暴雨中挺進。

當我在電視機前看比賽，心情隨著中華隊的每一個表現起伏，想全台灣此時不知道有多少人也在螢幕前盯著那一方畫面看，就覺得，中華奧運代表隊，真不是人幹的。

隔天，中華隊抱著背水一戰的決心，推出旅美強投王建民和曹錦輝的組合，挑戰被稱為「夢幻隊伍」的日本隊。這幾乎是中華隊最後能打進預賽的希望。三局上，陳金鋒在一、二壘有人時上來，兩好球之後，一棒把球揮到了全壘打牆外，我呆在電視機前，隔了兩秒才叫出來，接著淚水便滲出眼眶，主播和球評都傻了，頓了一下才喊：「Unbelievable!」一支三分全壘打，打出中華隊的氣勢，打出前日的悶氣，更重要的，是打出一個永不放棄的拚戰精神。我們要看的，其實也就是這個而已。

這場比賽中華隊沒有贏，但是跟奧運金牌隊伍打到延長加賽，迫使他們的強棒要做觸擊搶分，跟他們一樣打出十支安打，一支全壘打，纏鬥到底，雖敗猶榮。可貴的是前一天才陰溝裡翻船，隔日立刻能拿出鬥志全力以赴，不管最後成不成功，都能算是個人物吧。而人物，真的是應該什麼狀況都能挺得住！

而你只能顫抖著

不肯妥協

的腳步，在狂風暴雨中挺進。

特別來賓

阿超

作者好友，現為某研究機構副研究員

阿超
2005/1/7
竹東

【yijia@my.friends】

認識yijia的時候（我們都簡稱她一個y字），她大一我大二，我們在一個不起眼BBS上的陳昇版相遇。對於她的本名「黃婷」，往往會讓人做「亭亭玉立」這方面的聯想，我得承認當初我的確有這麼不切實的幻想。而有時候想像是會要命的。不過多年以後，我卻要說，她的陪伴拯救了我某方面的沉淪，不管是感情或是生活上的，而這的確相當要命。

其實我也搞不清楚我跟她怎麼要好起來，進而稱兄道弟般地像哥兒們一樣地勾肩搭背。我想可能是在亭亭玉立的幻想破滅之後，比較坦誠的交往吧，哈哈。因此，對於y，所謂的男女之別、省籍情結、政黨對立以至於類似〈我的明天〉這種歌等，所存在之異見，都可以拋諸腦後。還好我們的初識是從陳昇開始，而不是某天在報上看到她寫影評，而心裡頭想著「在寫什麼東西啊……」。這麼一來我才有機會在這本書露臉，並且在她的日常生活中不斷地導引她講髒話（黃爸爸以及黃媽媽請原諒我）。某些程度上，她是一個相當固執的人，我卻是一個相當天真的人，我們共通點是在理解對方帶有點革命色彩的浪漫情懷上，而這樣的兩個人的相遇通常帶有點宿命色彩。

直到後來，我們這群昇版的朋友對於陳昇的熱情或有冷卻，但是y卻取而代之成為這個小圈圈話題的中心，大家比較喜歡聊她在幫哪個大導演跑腿，或是又幫哪個音樂界的大哥賣命之類的事。以至於後來那個BBS站的版友們一個一個離開了，我們還能在另一個BBS站裡維繫著那十年前就已經開始的友誼。忘了從哪聽來的說法，說是對於陳昇這樣一位歌手，和他所呈現出來的表象，可以推論出他的歌迷應該都是怎樣的人。但至少目前y以及她的朋友們都混得還不錯，我想陳昇的歌迷們也不是那麼奇怪的一群人。

雖然我常開玩笑說，書店每天都有新書上架，而y這本書可能就像小石頭丟進大海一般，激不起什麼漣漪。不過至少當我們以後在逛書店的時候，會引領著同伴來到這本書前面，並且假裝不經意地說：「這是我朋友寫的書，而我是裡面的誰誰誰。」從這方面來看，其實我還蠻自私的，自私的會以擁有一個作家朋友為榮。嗯，我想y應該能理解身為凡人的一點點虛榮心吧？

當y說要寫書的時候，我心裡最常想起的卻不是陳昇的歌，而是黃威融曾寫過的一句話：「因為要出清存貨，才能告別青春期」。或許會有些朋友對於y把我們的所作所為，也就是一些狗屁倒灶的事集結成書，並且拿來賣錢這件事頗不以為然，不過我想這句話能夠做個註腳。黃威融寫這句話的時候，跟現在的y一樣都在年近三十的尷尬關卡，我們都站在人生的轉折點上，不知道當四十歲我們再回頭看這本書時，又將是怎樣的一種況味？

Chapter 29

演唱會片段

1995.10.30土洋大戰
（人生第一場）

【演唱會片段集錦】

1995.10.30 新寶島康樂隊vs. BEYOND土洋大戰演唱會

我和秀娟研究了好久的地圖，轉了兩班車，才找到內湖的大湖公園。那是我倆從南台灣上台北念書的第一個學期，什麼都不熟悉，摸索著來到生平第一次聽陳昇演唱會的現場，台灣「新寶島康樂隊」和香港「BEYOND」輪番上陣，取名「土洋大戰」其實有點不倫不類，但那真是個舒服的夜。

舞台搭建在一塊四周有山坡圍繞的平地上。我們到晚了，索性就坐在山坡上，遠遠地看著舞台上幾個瘋狂的樂手，一輪明月在他們背後襯著這秋日風景。晚風沁涼，音樂醉人，陳昇穿著黑色西裝吹伸縮喇叭，阿煜閉著眼睛吹奏薩克斯風，歌是哀愁的〈淒美燈塔〉：「是按怎我哪ㄟ在這，伴海風共心情ㄟ快活，過去ㄟ一段戀情，攏放給水流，賣擱提起……」

對這場演唱會的記憶就只剩下了那一個不太清晰的畫面，畫面裡陳昇和阿煜穿著黑西裝合奏歌曲，偶爾他會講幾句笑話，那輕鬆的模樣，完全推翻過去幾年我心中的陳昇印象。他不再只是個躲在CD裡默默唱歌、帶點懷才不遇的感傷歌手，他開始站在人群之前，在巨大的舞台上表演他的音樂，釋放自己獨一無二的魅力和能量。

那年我大一，才要開始放肆的人生。告訴我這場演唱會消息的秀娟，大約從沒預料到，這個朦朧如夢的秋夜，為我往後三年裡瘋狂追逐陳昇演唱會的日子，喊了一句「PLAY」！

30 Chapter

演唱會片段

1996陳昇跨年演唱會

1996陳昇跨年演唱會之一

陳昇唱到了〈嗚哩哇啦〉，現場氣氛熱起來，長達五小時的演唱會，進行到一半。這首瘋狂的rock'n'roll，中間有段狂野的電吉他solo；此時吉他手小楊慢慢走到舞臺最前方，左手在指板上快速移動，用他一貫緊閉嘴巴的酷表情（不時還得推推鼻樑上滑落的眼鏡），硬是show了起來。

陳昇輕笑著，走到小楊身旁坐了下來，一隻手撐著舞台邊緣，另一隻手拿著麥克風，抬頭仰望他的朋友；有歌迷叫他，他把食指搭在嘴上，指指小楊，像是在說：「別作聲！聽聽這吉他聲！」

台北國際會議中心的音響很不錯，舞台上的燈光很耀眼。小楊的吉他聲盤旋又盤旋，全場三千多觀眾屏息著，沉默的吉他手成為最閃亮的焦點；陳昇一直坐著，嘴角有一貫的笑意，他是真的陶醉在音樂裡了。

這段solo持續有三、四分鐘！小楊退到後面，小傑上前，吉他彈得非常認真，不同於小楊的瀟灑。他就像個孩子，專心把玩吉他，還不時甩甩額前的一撮頭髮。

好長的間奏終於結束，昇哥站起來，和恨情歌團員們相視一笑，轉過身延續音樂，繼續唱歌。此時我們知道：他和他的哥兒們是一起的。他能在舞台上發瘋，「恨情歌」也能show出一段很棒的表演！也許在那時候，在那寬廣的舞台上，在那強烈的聚光燈下，「陳昇」不再只是一個人的名字，它是個綜合體，是很多人在一起做音樂、玩音樂的合成物。

三十幾首歌唱下來，大家有點累了。我正靠在椅背上，舒服地感受這裡被音樂環抱的氣氛，忽然聽見後方有一陣騷動，轉頭一看，哇！伍佰來了！後面跟著China Blue的團員。

伍佰背著他的吉他，一身很炫的服裝；小朱、大貓、Dino也一臉酷相，四個人從觀眾席的台階上一步步走下來，那種氣勢，像極了電影裡黑社會老大出現時的畫面，就差沒有莊嚴的英雄式配樂……。

越來越多的觀眾發現了他們，現場的驚叫聲也越來越大；當伍佰走上舞台，台下聽眾已經完全瘋狂了。你很難想像三千多人在一個屋子裡共同歡呼的強烈震撼，沸騰的氣勢比歡度國慶時幾萬人在廣場上吶喊的情形還要可怕。

我整個人完全呆住，只覺得身旁的人統統都瘋了，他們盯著伍佰忘情地喊叫，還不時揮舞雙手，有的人甚至站起來帶動現場的氣氛，就像是個超大型的PUB，只差沒有人拿酒瓶往桌上敲。

全場陷入一種狂歡的混亂，China Blue上台後，Dino趕走了鼓手小李，小楊、家駒也把位子讓給小朱，大貓架起keyboard，昇哥又在舞台前坐了下來，手裡抓著一瓶紅酒；當他覺得自己不該是主角時，總是輕鬆地坐著。遠遠地，我看見他嘴角仍是一貫的微笑，輕輕搖晃著酒瓶……

霎時間，我忽然覺得昇哥好清醒，在所有人都失去控制的時候，他的眼神依舊冷靜、笑容依舊溫和。無論環境如何變動，陳昇永遠是他自己。

伍佰把吉他插好電，歌迷們又興奮起來，死命喊著：「伍佰、伍佰！唱歌、唱歌！」陳昇終於站起來，等大家稍微安靜一些，他開口了，不大標準的國語：「他們是主流派，阿我們是非主流派，從剛唱到現在，我們只是在為他們暖場而已喔！」立刻，又是一陣震耳欲聾的歡呼聲。陳昇繼續說：「明年我們就會把場地讓出來，請主流派的來唱！」這一次，歡呼聲更大了。

我在台下看著，胸口像被什麼東西梗住，很感動，差點眼淚就要掉下來。伍佰和陳昇合唱那首氣勢磅礡的〈愛你一萬年〉，兩人互飆的歌聲宣示著一種搖滾精神，現場氣氛是前所未有的熱烈，而在我眼中，舞台上五彩燈光照耀下，這個晚上的光芒屬於非主流。

明年我們就會把場地讓出來，
請**主流派**的來唱！

31 Chapter

演唱會片段

1996.8.10

澎湖白沙海園

1996.8.10澎湖白沙海園

演唱會前記者訪問陳昇，他的眼睛都不看記者，只一直望著遠方，一字一句慢慢說……他好像也不是在回答記者的話，只是在那自言自語……陳昇說，他覺得，自己的「夢想」，把大家搞得人仰馬翻，把這樣一大群人「拐」到澎湖來，是不是太自私了些……他跟弟兄們說，如果唱不好，就死在台上算了。那天傍晚站在舞台上，劉若英還問他：有沒有罪惡感？

不知道陳昇是怎麼回答的。可我想，沒有人需要為夢想產生罪惡感。夢想常常荒謬，然而若剝去了夢想，一個人就算擁有世界，也是空泛的。

那天我和一群剛認識的朋友，頂著菊島八月正午的豔陽排隊等入場，四、五個小時成就了我們的革命情感，那是一種你一輩子只可能有一次的莫名所以。大家等到後來都暈眩了，但沒有人問為什麼我們還在這裡。

演唱會在黃昏時開始，成千上萬隻飛蟲陪我們喝啤酒，海風帶著濕黏的鹹味，襯著〈如風的少年〉的口琴就無疑是一種完美。〈海豚阿德〉的小抄是貼在鼓上的，〈歡聚歌〉沒有一句歌詞完整，但是大家太HIGH了，到最後只想站起來在夏夜晚風裡瘋狂亂舞……

澎湖啊！澎湖，那就是我年少的回憶吧！留不住，卻也忘不了。

澎湖演唱會，阿超的票根。我們都傻傻的在入場時把票根交給收票員，只有機靈的

32 Chapter

演唱會片段

1997陳昇

跨年演唱會-天使會來嗎？

1997陳昇跨年演唱會　天使會來嗎？

「哈利路亞，哈利路亞……」數千瓦音響頃刻間震開來，有如排山倒海之勢包圍住三千多名聽眾，燈光倏地亮起，舞台上爆出濃煙。只見一群身穿黑衣、頭戴硬盔的恨情歌團員魚貫而出，在雄壯威武的「聖歌」陪襯下，擎起吉他、執起鼓棒、亮出鍵盤，備好薩克斯風，二話不說，立即表演起來。五彩的燈光閃爍，舞臺上有美女盡情狂舞，輕快的節奏震撼著每個人的心……

序曲裡，那位永遠讓人猜不透在想什麼的主角，頂著兩隻亮晃晃的頭角，提著夜叉，在一陣歡呼中衝向台前，一臉冷酷表情，搖晃手上的「兇器」，做著「魔鬼來臨」的宣示。「天使會來嗎？」天使來了，還是一群完全失控的聒噪天使，在〈寶島戀歌〉音樂中狂叫、扭動，惹得魔鬼也在台上盡情解放，高潮就在這時全然揭起…這是 1997，陳昇個人第三次跨年演唱會，滿座的觀眾在台北國際會議中心裡，沉醉。

陳式情歌那種能夠直接觸到人心深處的旋律，也總要親眼看到陳昇唱才夠真實、夠深刻。最好還有另一半在身旁，彼此感受那心心相印的感動……燈光轉柔和，提著吉他的陳昇出現在觀眾席上時，震耳的歡呼聲充塞會場，一身天藍色的襯衫，吉他聲從他指尖竄出來，聚光燈下他是唯一的焦點，孤獨帶點滄桑地唱著：「十九歲的那一年，流浪與我有約定……」舞台上家駒的低音提琴遙遙和著，安詳而憂鬱的樂音裡，人人屏息，各想心事，任憑昇哥悠長的聲音拉得好遠好遠，拉到那個叫做故鄉的地方去了……三十歲，與悲傷有約定的年紀……怎樣都會結束，但生命中有些片段，是可以永恆的。

33 Chapter

演唱會片段

1999陳昇

跨年演唱會-明年你還愛我嗎？

1999陳昇跨年演唱會　明年你還愛我嗎？

開場前，跟珮早了十幾分鐘到達場內，面對著這一年要來一次的地方，心情開始雄壯了起來。「走到最上面去看一看吧！」我說。於是我們兩人一步一步、慢慢地，往觀眾席的最高處走去。

五十五排的高度，走起來著實有點費力。我走幾步就往回看一看，體驗不同高度看下去的感覺，體驗昇哥走上觀眾席的心情。一個容納三千多人的場地，他要如何把這許多顆不同情緒的心靈，都用他的歌聲來佔有？想起幾天前跟一個朋友去KTV，他看著螢幕上陳昇演唱會的身影與笑容，看著那些瘋狂的觀眾，轉頭對我說：「其實，一個人能做到這樣，他就算現在死了也不會遺憾了。」

和珮站在觀眾席的最高處往下看，舞台已變成我們視野中許多景物的一部分，小小的、四方方的一塊，台上的布景幾乎看不清楚。演唱會開場前慣有的人群喧噪聲、巨大音響裡播放出來的音樂，一下子都變得好遠，有如被一層紗幕隔開。我們像是從雲端裡向下望，望這難以理解的人世變換，望這霧中風景。台前兩面大螢幕照例播放一些陳昇的MV，一切景物都再熟悉不過。

我呆站著，不能很清楚分辨自己的思緒，跟珮有一搭沒一搭地聊著天，這世界又再度只屬於我跟她。十年前我們窩在狹小的房間裡聽陳昇撕裂天空的嗓音，十年後我們並肩坐在一起聽他的現場演唱。在這樣一個男人的歌聲裡，我們一直都是陪伴彼此成長的知心朋友。

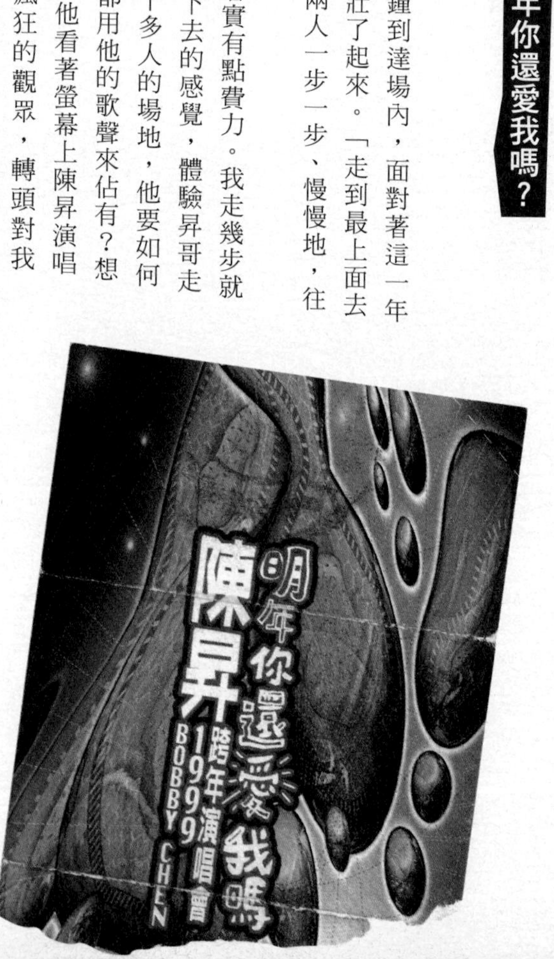

34 Chapter

結尾文

未完

待續……

如果有一個夜裡，陳昇……

你以為孤獨該是午夜的心情，所以就在凌晨兩點半，播放起瑟縮在角落的老舊CD。你說，真是寂寞呵，這蒼白的人生。旋律繞過你桌前透明的酒杯，順著那微醺的威士忌飄香，散去夜幕裡的曠野。

總以為那片草原裡僅屬於你們一夥人的故事，該凍結在滿天繁星裡的。就是那個灰藍藍的凌晨，那麼一把嗚咽的吉他，嘶啞著嗓子顧不了海風攪動起的冷空氣，路遙遠，我們一起走……那個年代的一群死黨，不都是這樣唱著陳昇的嗎？海平面上方懸著的彎月，那徐徐緩吹在草原上的風，帶走你們發了誓要一起走到地老天荒的諾言，所有瘋狂的追尋與遙不可及的夢想，都在那個八月底冷死人還沾著露水的草原上，凝結成一段段說也說不完的故事。於是你總以為孤獨該是午夜的心情，因為在你們的音樂天堂裡，浪漫的故事都是在午夜裡這樣說的。朝陽刺眼的那個早上，一群整夜未眠的年輕小伙子東倒西歪地在旅館裡睡了一地，明明已經頭昏腦脹的你，卻是輾轉難以成眠。我不再讓你孤～單……一起走到地老～天荒……那音符纏繞著你的思緒，一遍又一遍地重複……明明知道馬上就要各分東西，明明知道其實世上從來也沒有不變的真理，卻為什麼還要苦苦製造著狂亂的假象？你笑了，想，年輕呵，真是讓人怎麼也弄不明白。

年輕，這就是年輕了嗎？或者其實讓人心痛死的故事，早在更早以前，就已經開始了？午夜裡的一杯烈酒，灼燒你無語的喉，火燙的刺激使你想起十二歲那年，某個日子裡站在人群雜沓的街頭，不知怎地就自己對自己唱起歌來……我以為你知道，分離，不是最後的抉擇，卻不敢告訴你，不應該的是我，怎麼能說服自己……童年的日子裡還沒有愛情，卻已經在一個人徬徨不知愁的夜裡，有了陳昇。你其實並不曉得可以去對誰說，喔~~傾聽我此生不變的要求吧……無論是在哪裡，不管是在何時……你就是堅持地相信，孤獨該是午夜的心情。而陳昇，總是恰如其分地滿足你的孤獨。十二歲的年紀，就是喜歡那股不了解的滄桑，深夜裡站在鏡子前，扯起嗓門企圖撕裂自己的天空：讓我再一次深情擁抱你……狠狠吞下一大口烈酒，你自嘲地想，那可真是一種驕傲滿足卻又什麼都不明白的豪氣！

莫名地在暗夜裡心痛了許多荒唐的時日，終於當開始搭公車上學的日子忽忽過了好一陣，有天晚上月亮圓得怕人，你在放學後走向站牌的途中，忽地轉頭告訴好友S：你聽見了嗎？我是憂鬱的如風少年。那段日子你跟S的感情可真是好，一路上你就輕輕哼著歌，S默默聽著陪你走，時光在那些日日上山下山的荏苒裡溜走，而你就淨是唱：能不能讓我，陪著你走，既然你說，留不住你……帶點少年不識愁滋味的想像，呢呢喃喃地唱著，唱那淒美的旋律，唱那讓你覺得你真是愛死了的陳昇。南台灣的夏夜實在迷人，S

誠摯的笑容使你覺得有個傾聽的朋友好幸福，晚風裡飄著淡淡的歲月悠悠，你以為從此要醉倒在那手風琴奏出來的溫柔裡再也不醒了，雖然其實那時你還不會喝酒，還不明瞭醺醺然之下的苦澀滋味。然後你開始懂得從音符裡淺酌憂鬱，幻想著出走的流浪，在西子灣海邊把那些個進港出港的大船望了一程又一程，和著海風的還是你沉鬱的歌聲：如果這樣，說不出口，就把遺憾，放在心中……你還是堅信孤獨該是午夜的心情，那個月黑風高的晚上你一個人坐在西子灣的海邊，忘記待了多長的時間，只知道印在腦海裡的陳昇竟然也隨著那海風，呼呼地狂嘯過一陣又一陣。

所以你就更有理由相信，孤獨該是午夜裡唯一的情緒。念大學那幾年，無數次在一場場瘋狂的演唱會裡看他，有時候很遠，有時候很近；而更多的時候，你覺得混亂得根本分不清楚他究竟是遠還是近。幾次在PUB裡聽歌到午夜，見他在窄小舞台上唱得揮汗如雨，煙霧漫天人群紛擾的黑暗空間裡，你竟還是不自覺地就感到孤獨。許是那些年午夜裡一個人聽他的歌聽得慣了，下意識地總覺得他仍然應該屬於靜默裡的孤獨。你終究無法說服自己，那個站在吵吵嚷嚷裡聚光燈下的陳昇，還能夠神色自若地走下來，低沉著嗓子說：嘿！我要走了…

然後慢慢地你發現自己再也進不去那塊曾經不顧一切迷戀著的花園，只有在一個有風的夜裡，忍著心中糾結的痛楚逼迫自己堅強地離開。在六月裡聽著關於水母的故事，以及那海島晚上迷人的流星小夜曲，雖然似乎仍維持著歌者一貫特有的吟遊沉思，卻好像都再也無法成為你午夜獨處時醺醺然的慰藉。你知道自己終究會蹲坐在成堆老舊的唱片旁，以顫抖的手與堆疊的思緒檢視漫漫歲月逝去的腳步，但你總是覺得多麼地不甘啊！曾經是那樣個意氣風

不安的年代裡……

發不可一世的故事，到頭來仍然成為時光洪流裡一小片激起的水花，落下之後又散入水裡，無痕跡。十年的追尋，也是持續了十年的心痛，而如今你竟找不到一個適合自己的心情，去面對其實還不算太遠的往事。

曾經是那樣癡癡地以為自己就會帶著想像的寂寞聽著陳昇的憂鬱，一直聽到他唱不下去為止。就好像在那個你第一次參與的歌友會裡，聽他拿著一把吉他，隨隨便便地在台上哼著然而你不會知道，我有多麼地喜歡……有那麼一刻鐘，你錯覺著陳昇這個名字在你生命裡該是永遠的。管他是子夜二時最後一盞燈裡的西門浪子，還是南風裡唱也唱不盡的多情兄；在十八歲不安的年代裡，細漢仔的故事還只是你從未平息的脫軌慾望中，一場無人能懂的憤怒與童女之舞。也許當肩上荷著的書籍與責任越來越沉重，你漸漸停止吶喊激憤的嗚哩哇啦，開始相信你的無數個明天其實也總是跟隨著宿命的安排，一步步走向灑滿二十歲眼淚的旅程。呵，凡人都寂寞。你終於覺得自己好像有點明白了。所有說得出口的孤獨原來都是假裝的，只有在午夜裡檢視鏡中的自己，你才彷彿看透了這許多年，你一直都是自己一個人，陪著你自己。

二十二歲這一年你決定離鄉遠走，茫茫的記憶裡最後一次聽他的演唱會竟成了一個心痛的印記。那個晚上他唱了〈老嬉皮〉，說是要送給負笈出國留學的遊子。你要尋找最美的天堂，只是哪裡是候鳥的去向……孤寂的蒼涼歌聲飄散在北台灣稀疏的星空下，聲聲都引人惆悵。返家的午夜裡你徘徊於台北街頭，蜷曲著身子縮在承德路上某騎樓的角落，痛哭失聲。擁抱了那麼多年午夜夢迴屬於年少輕狂的記憶，卻還是抓不住匆匆流逝的光陰。九千九百九十九滴眼淚的故事，過去不知在你心底上演了多少次，而如今當年那個怯生生站在餐廳門口的孩子，驕傲地站上命運的頂峰對著你咧嘴而笑；所有年少裡為自己編織的淚水，早已乾涸，早已遺忘。

午夜裡，唯一的心情不就只有孤獨嗎？在飛向異鄉的七四七裡，你喃喃自語。

十多年的光陰匆匆溜過，命運像是在捉弄人一般，又把你帶回了仿若少年時代，獨自一個人在午夜裡聽陳昇的日子。走在漫漫的長夜裡，走在清醒的另一方，以為只有在夢境裡，能喚回自己；終於你要告訴自己，如今你已不再年少，渴望有笑有淚的日子，不再重現。而你知道，如果有一個夜裡，陳昇再度回到你的夢境，你會咧開嘴對他笑，拿起那把高中時代買來的蝴蝶牌口琴，拙劣地吹奏一首然而你永遠不會知道，告訴他你其實很想念他……

如果有一個夜裡，陳昇……

恨昇歌

未完待續……

35 Chapter

結尾文

如果
有一個夜裡，陳昇……

未完待續……

那年的一張精選輯，藍色歌詞本背後，你手寫著一句：未完待續，我相信了，就這樣等待了許多年。

後來，藍色封套慢慢轉變成一種分不清新舊的褐色，回憶般的情調令人心疼。偶爾在夜裡酗完無數杯咖啡，重複播放一首歌曲無窮次，想找回一個起始的小節，卻總在日出前驚覺當初的心境早已不再。

不知道那老舊音響可以持續多久的重低音，就讓它沙啞著堅持大半夜，唱盤何時會跳針我也沒在乎。忘記多少個日子因著某種恐懼不安而徹夜振筆疾書，曲調杳杳在咖啡降溫前終結，詞義連綿的苦澀卻彷彿只有更加冷冽。

有太多的故事未完待續，有太多的思念在靜夜裡擱淺，然而卻有更多時候，我窮顏皓首還是等不到結局。纏綿悱惻的愛情都是聽來的，原以為沒有結局的故事最動人，但莫名地還是擔心起來，會不會有一天對一切都開始變不在乎，在三十歲時再無法承擔生命的重量，竟也把筆給摔斷。

異鄉的天空片片寫著思念，隨手取一張藍封套的唱片，都是我漫漫午夜的心痛。什麼時候開始你的形象總是一抹藍，風箏、海豚，即使是氣到極點寫上了恨，仍是藍得憂憂鬱鬱。曾幾何時藍已隨著歲月改變，一個深印在過去的名字卻彷彿永遠揮之不去。

許多年之後才有點明白，不論我的人生再完整，回憶都還是只有片段。十二歲那年在哪家唱片行裡的哪個角落翻出的一張年輕燦爛的臉孔，點著未熄的煙，如今在我腦裡仍是異常清晰。氤氳的煙霧與意氣風發的年代，忘記你用什麼樣的驕傲唱的「燃燒生命不如一根煙」，兒時的記憶像是被火熨上了身一般，那疤痕只能淡去，卻不會消失。

於是就還是這樣，等待著未完待續的故事，怕是要等到你唱不下去為止。那麼多年隔了千山萬水咀嚼你的音樂和一字一句，同時也是咀嚼著自己的成長與遺忘。等到了再也無法心碎的年紀，一直以為都還在等著聽故事呢，怎麼走著走著，不知不覺就只剩下思念。

聽到太多的思念，怕就要忘記思念真正的聲音。或許我該學著沉默些，只要靜靜傾聽就好，聽著那些未完的故事，在你手裡繼續……

我知道，歷經滄海桑田也從沒有更改過你對這璀璨生命的堅持。即使所有人都掉頭而去，那屬於陳昇的故事與音樂，還是會一直在某個安靜無人的角落，寫著、唱著……

有一天夜裡……

一種音樂，百樣人生

黃婷

這書稿完成之後其實是有點慚愧的。十五年來聽陳昇的歌從未間斷，我該明白他的音樂、他的哲學，甚至他這樣的創作人形象，是值得被多麼嚴肅的看待與討論，然而我卻選擇了一種最不嚴肅、最不理性的方式來講陳昇，以最軟性的文字，記錄我與我的昇迷朋友們一段相識相知的年少輕狂。

作為一個被狂亂的情感滔滔淹沒的歌迷，其實我沒有辦法用專業的眼光去分析陳昇的音樂的時代意義，也無能準確測度陳昇寫下每一首歌時的心境和企圖，於是只好任性地運用純屬於超級歌迷的專利--管他人如何評價陳昇的音樂，我自有我的故事，年年月月，收藏在陳昇的每一段旋律、每一句文字裡。

這本書沒什麼崇高的理想，也無意探討所謂「偶像」的社會意義，只想忠實呈現一個創作歌手對一個歌迷的青春甚至她整個人生，會有多大的影響力。在我的十字頭和二字頭的年歲裡，如果沒有陳昇的音樂，今天的我肯定不會是這樣的我，我的朋友也不會是這樣的朋友。陳昇的音樂只是一種名詞，但他擴及的人生是千百樣的；我想寫下這種根深柢固的豐富，作為我對一位認真的音樂創作人的致敬，也是對一段青春的最後懷想。

朋友說，寫一連串的感謝詞會很像得獎感言；我想我這輩子應該不會有什麼機會發表得獎感言，但這本書對我的意義，是比得到任何獎都重要的。

謝謝老爸老媽，你們太支持我了。

謝謝昇哥，十二歲那年認識了你的音樂，從此影響了我的一生。

謝謝大塊文化的韓妹，我好運氣遇到像妳這樣超有耐性、熱情和想法的編輯，是妳幫助我完成一個原以為遙不可及的夢想。

謝謝我的死忠兼換帖王珮、Jessie、秀娟、forgod日以繼夜、鍥而不捨的催稿毅力，逼著我一點一滴刻完每一個字，這本書的每一個字都有妳們給我的信心。

謝謝我那些可愛的昇迷夥伴們，旭初、阿超、佑佑、俊平、海妹、家雯、弘毅、明暉、胖邱、como、seablue……青春是短暫的，但我們的革命情感是永遠的。

當然更要謝謝這本書的完成過程裡，對我伸出義氣的援手的好朋友們！小楊大哥，我們的默契不用再說出口了。馬世芳，謝謝你在人生最忙碌的時期，還要空一塊腦細胞給我，能跟你以文會友，真真是我的榮幸。瑪莎，謝謝你提供的書名，謝謝你的謙恭和熱情，謝謝你懂我的心情。靜德大哥，謝謝你幫我跑、幫我問，三更半夜還跑出來跟我拿書稿。慧君，謝謝妳總在百忙中，不厭其煩地解答我無止境的瑣碎問題。柏如，謝謝妳總是沒有怨言地，接受我十萬火急的求救。可秀，謝謝妳義務當我的法律顧問，有妳的建議我很放心。費姊，謝謝妳努力幫我想書名，謝謝妳的關心和鼓勵。

謝謝願意與我分享我的昇迷歲月的每一位讀者，謝謝你們。

2004/11/30 北京

36

Chapter

附錄

有記憶的聲音

我最愛的昇歌

有記憶的聲音 我最愛的昇歌

1988

凡人的告白書

從很年輕時就覺得，人生在大部分時候是無力的，無助的，迷惘的，飄盪的。焦慮的思索，我感覺到無以名狀的寂寞，聽陳昇沈穩的嗓音，那慵懶的旋律，為軟弱的心情提供一點點自我安慰。然而其實是要在很久很久以後，才心不甘情不願地承認，自己終究是個，凡人。

1989

細漢仔

是要釋放怎樣的憤怒和體會，有過怎樣迷惘而浪蕩的年輕，才能寫出如此情緒飽張的小人物史詩？這歌歌詞將近700字，我能從頭唱到尾，每聽必飆淚，我心目中永遠的昇歌第一名。

1990

然而

想到小時候，那些其實不懂寂寞，但真的很寂寞的日子。不識哀愁的年歲，聽著這樣哀愁的歌，口琴聲在旋律背後鋪著漫天蓋地的悲傷，年紀越大、經歷越多，就越是痛，怎樣都要痛上一生一世似的……

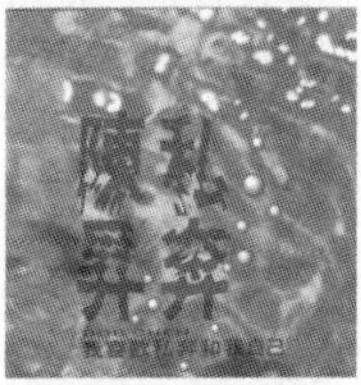

1991

如風的少年

14歲就聽這歌，每天放學站在公車站牌下，戴著耳機，聽著聽著，好像就感覺到自己的年輕在遠去，朋友在遠去內C個人都有自己的路要走，沒有時間為逝去的日子擔憂當對消逝的歲月感到無奈的時候，我就聽著這首歌的口琴聲，非常哀傷，可是就真的懂了。

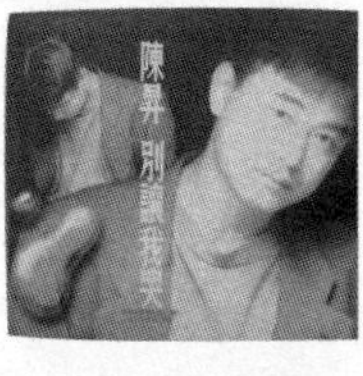

1992

北京一夜

本來一直沒聽懂。後來到北京工作，在煙塵滿天的深夜裡，厚重的空氣中飄著一種沈沈的遠大與未知，耳機裡聽到這歌的前奏一響起，前塵往事忽然紛自沓來王瑀可這歌寫進太遙遠的中國了。

1994

20歲的眼淚

20歲那一年給自己很多承諾，到現在一個也沒實現。後來聽這歌就有點像是在追悼了，我的20歲現在已經遠得看不見。可依然非常非常喜歡它的間奏，那弦樂像是要包起一個宇宙那樣……

太多歌有太多記憶，太長的歲月有太多的牽掛。
我最愛的昇歌當然不只這些，只是有些心情總特別深刻

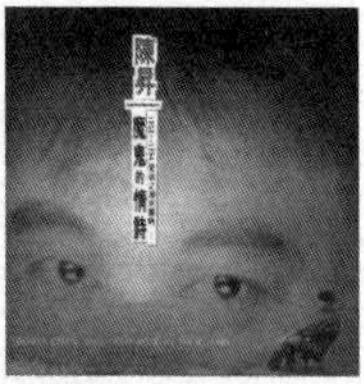

不再讓你孤單 1994

好喜歡CD裡陳昇悠悠唱著時，就那一把空心吉他，連破音部分都聽得清清楚楚，粗糙得誠懇。大抵流傳久遠的情歌該是這樣的。草原上，蒼穹之下，一個真誠的歌聲，隨著晚風飛蕩……

福爾摩莎 1994

那年開車環遊美國，迷路的夜晚車奔馳在看不見盡頭的公路上，莫名地就想聽福爾摩莎，一種安心的鄉愁，一份擴及永恆的對故鄉的情感。傳說有一年陳昇在台大椰林大道上唱著這歌，背轉了身去就流了眼淚。

姑姑 1995

一直覺得這歌的吉他聲是有生命的，會說話。那吉他的聲音在跟陳昇的歌聲對話，非常哀傷又有一些堅毅，聽著聽著讓人心情平靜。生命沈澱到最底層大約也就是這樣一種平靜吧。

老嬉皮 1997

屬於遊子的歌，我心目中的第一名。若不曾獨自一個人走在風霜滿天的異國街頭，若不曾一個人在靜夜裡啃噬鄉愁，不會了解那種飄盪和失根感覺，幾乎是 菾蔄t宙的孤寂……

A Train到天堂 1998

「只要你成長，就冷漠一些。」

思念人之屋 2000

2000年暑假，為了快些完成碩士學位，決定留在學校修課，當時全宿舍的人都走光了，我一個人住在兩房一廳的屋子裡，每天早晨走二十分鐘路去學校。陳昇發行了新專輯，朋友從台灣快遞給我，整個夏天的早晨就是這首思念人之屋，陪我踩過碎裂的晨曦。

File Edit Layout Display PlayBack

2000年陳昇跨年演唱會：「思念人之屋」
地點：台北新舞台

01. 序曲
02. 愛慾之潮來襲時
03. 不再讓你孤單
04. 風箏
05. 子夜二時你做什麼
06. "A" Train 到天堂
07. 流星小夜曲
08. 旅程
09. 二十歲的眼淚
10. 紅色氣球
11. 蘑菇蘑菇
12. 細漢仔
13. 擁擠的樂園

==中場休息==

14. 大地（阿Von）
15. 美麗新樂園（原文版）
16. 淒美燈塔
17. 車輪埔（阿煜出場）
18. 台北附近
19. 日出
20. 鼓聲若響
21. 歡聚歌

<劉若英出場>
22. 純情青春夢
23. 責任
24. 我曾愛過一個男孩

25. 鏡子
26. 最後一次溫柔
27. 最後一盞燈
28. 思念人之屋
29. 然而

==安可==

31. Where Have All the Flowers Gone
32. 把悲傷留給自己
33. 許多年以前

==The End==

（本附錄請從封底左翻頁讀起）

File Edit Layout Display PlayBack

<蕭言中出場>
31.Last Order

<任賢齊出場>
32.路口（昇+齊） 33.對面的女孩看過來 34.心情車站 35.多情兄（昇+齊）

<小黑柯受良出場、任賢齊還沒走>
36.黃昏的故鄉 37.歡聚歌（昇+小黑+阿Von+齊） 38.台北附近（昇+von）
39.日出 40.鼓聲若響 41.風箏（12/31, 23:55）
42.鏡子（12/31, 23:59） 43.半生情（1/1, 00:05）
------->所以我們是在鏡子裡跨年的

（似乎結束了，安可聲不斷，沒人要走）

==>安可一

<倒數囉！當然啦，昇哥倒數一向是亂數的...>

44.明年你還愛我嗎？ 45.我的明天（1/1, 00:32）
（應該結束了吧！！？？人們開始站起來，但沒幾個離開，安可聲此起彼落......）

==>安可二

46.The One You Love（只唱了兩句，昇哥逞強啦~~~~）
47.I Left My Heart in San Francisco 47.I Left My Heart in San Francisco
48.冰點（昇+奶茶） 49.南風
50.一百萬（1/1, 01:07）
The End

File Edit Layout Display PlayBack

1999年陳昇跨年演唱會：「明年你還愛我嗎？」
地點：台北新舞台

時間：1998 年 12 月 31 日 PM 7:50 正式開始
1999 年 1 月 1 日 AM 1:07 全部結束
總計共 5 小時 17 分，安可兩次（我聽過最長的演唱會）

曲目：

1. 停火 2. 紅色汽球 3. SUMMER 4. 流星小夜曲
5. 凡人的告白書+擁擠的樂園 6. 鴉片玫瑰 7. 六月
8. 然而 9. 20歲的眼淚

<黃品源獻花>

10.車輪埔 11.黑面鴨要報仇 12.大地 13.淺藍大肥貓
14.細漢仔 15.脫軌 16."A" Train到天堂 17.老爹的故事
18.關於男人 19.別讓我哭

<劉佳慧出場>
20.北京一夜 21.理想國 22.旅程 23.恨情歌

<劉若英出場>
24.Flying 25.距離 26.很愛很愛你 27.沒共樣的人
28.把悲傷留給自己 29.子夜二時，妳做什麼？
30.最後一盞燈+最後一次溫柔

File Edit Layout Display PlayBack

28.老嬉皮　　29.鏡子　　30.風箏

<曹啟泰>
31.SUMMER

========================1998 倒數囉

32.擁擠的樂園
------------------------encore
33.許多年以前
34.二十歲的眼淚

The End

File Edit Layout Display PlayBack

1998年陳昇跨年演唱會：「新樂園」
地點：台北新舞台

1.關於男人 2.農夫 3.南風 4.夜 5.給我
6.紅色汽球 7.蘑菇

<劉若英>
8.不想回家 9.到處亂走

<亂彈>

10.最後一次溫柔 11.子夜二時你做什麼 12.把悲傷留給自己
13.最後一盞燈 14.半生情

<莫文蔚+陳昇>
15.然而 16.鼓聲若響 17.跑路英雄
18.美麗新樂園

<徐倩雯> 到底要怎樣
<笛 雁> 愛相信
<許霈文> 起飛

19.歡聚歌 20.林班生活 21.伊娜
22.愛與死+福爾摩莎 23.大地 24.車輪埔

<黃鶯鶯+陳昇>
25.離開你走近你 26.我曾愛過一個男孩 27.讓愛自由

附錄：陳昇跨年演唱會歷年曲目非官方版1997-2000

File　Edit　Layout　Display　PlayBack

1997年陳昇跨年演唱會：「天使會來嗎？」
地點：台北國際會議中心TICC

1.寶島戀歌　2.多情兄　3.台北附近　4.阿妹　5.恨情歌
6.四條腿　7.責任　8.別讓我哭　9.有樂町人生　10.牡丹
11.淒美燈塔　12.壞子　13.車輪埔

<孤獨者合唱團>

14.愛慾之潮來襲時+鄉　15.然而

<劉若英>
16.到處亂走　17.玫瑰天空　18.門　19.世間情歌（英+昇）
20.自助餐　21.Hotelu　22.嚇一跳　23.海豚阿德
24.Last Order　25.關於男人　26.最後一盞燈　27.風箏
28.SUMMER　29.鼓聲若響　30.大地　31.歡聚歌

##[安口曲]##

32.鏡子　33.擁擠的樂園　34.SUMMER

The End

時間: 12/30　8:20--12:10
12/31　8:10--12:28
1/1　8:05--12:15

File Edit Layout Display PlayBack

※Post by Ac from 203.67.160.13

[作者] Videll (憤怒與童女之舞) [看板] BobbyChen
[標題] Re: 那不是髒話
[時間] Tue Jul 4 19:23:09 2000

從以前到現在我都是用耳機聽的
看到版上有人說那有髒話
repeat好幾次
差不多我以為我是聽隨身聽把自己的耳朵聽廢了
我整整從新竹到台北都在轉這首歌
我連聽起來像髒話的都沒有
直直想哭 整個腦袋哄哄地精神錯亂

幸好 事實證明 我的聽力還是好的

※Post by Videll from tp238-119.dialup.seed.net附錄：陳昇跨年演唱會歷年曲目非官方版1997-2000

File Edit Layout Display PlayBack

[作者] reke (小滑鼠) [看板] BobbyChen
[標題] Re: 那不是髒話
[時間] Thu Jun 29 19:45:57 2000

看完各位的解釋我才確信一件事....
想像力決定一切!!
之前我用的是耳機，所以很難聽出是髒話
可是看了大家說的，又聽了很多遍之後
竟然也可以聽成髒話了
而看到這一系列文章後，
現在怎麼聽也覺得不像髒話........
真是糟糕。

--
※Post by reke from reke.dorm6.nccu.edu.tw

[作者] Ac (小 海 豚) [看板] BobbyChen
[標題] Re: 那不是髒話
[時間] Thu Jun 29 23:32:42 2000

好巧 今天也剛好跟ioio提出這個問題
傍晚癱在床上聽音樂
身子疲憊 卻越來越清楚了
用我的便宜的SONY耳機
發現 他應該不是髒話才對!

File Edit Layout Display PlayBack

: 他唱的聲音明明是..媽..
: 媽跟犯這兩個音我覺得差蠻多的
: 我覺得是 陳昇脫詞演出
: 又 歌詞跟唱的東西不一樣 也不是第一次發生吧?
: 不過 高興聽成什麼就隨便吧
: 反正依據作者已死論
: 要聽成什麼都沒關係 爽就好!!

我也覺得那兩個音差很多，
大概是因為mix的時候弄得太亂了。

不過我不是用邏輯推出來的，
我是聽出來的！
昨天走在路上聽著聽著聽出來的。
然後才用邏輯去判斷...

用耳機聽真的滿清楚的，
是像犯了三個字....
後來回家用音響放，
犯又變成媽，
但是我還是比較相信耳機，
因為我的音響太爛了...

回台灣要用我的床頭音響聽...嗚嗚

※Post by yijia from ms8.hinet.net

File Edit Layout Display PlayBack

根據某次不小心聽到昇哥的訪問，
這首歌mix的方式，
以昇子的說法，
就是：
[根本不知道要聽哪一個人唱]

混來混去，
一下是昇哥的聲音，一下是彭佳慧的，
跳來跳去，
用耳機聽更加明顯.....

不過，
我還是找不到那句髒話.....

--
※Post by seablue from h252.s23.ts31.hinet.net

[作者] yijia (苦中作樂) [看板] BobbyChen
[標題] Re: 那不是髒話
[時間] Thu Jun 29 19:26:59 2000

※ 引述《ioio (解構)》之銘言：

File Edit Layout Display PlayBack

他會說：是就是，不是就不是！

※Post by yijia from ms8.hinet.net

[作者] ioio (解構) [看板] BobbyChen
[標題] Re: 那不是髒話
[時間] Thu Jun 29 14:43:36 2000

你講的是很符合邏輯沒錯
我也是覺得理論上應該是
像犯了....
問題是
他唱的聲音明明是..媽..
媽跟犯這兩個音我覺得差蠻多的
我覺得是 陳昇脫詞演出
又 歌詞跟唱的東西不一樣 也不是第一次發生吧?
不過 高興聽成什麼就隨便吧
反正依據作者已死論
要聽成什麼都沒關係 爽就好!!

--
※Post by ioio from Libiu.m3.ntu.edu.tw
[作者] seablue (救我) [看板] BobbyChen
[標題] Re: 那不是髒話
[時間] Thu Jun 29 15:08:26 2000

File Edit Layout Display PlayBack

真好笑..哈 眼淚都流出來了..

※Post by Ac from h74.s6.ts.hinet.net

[作者] yijia (苦中作樂) [看板] BobbyChen
[標題] 那不是髒話
[時間] Thu Jun 29 13:39:06 2000

這幾天再拿出來聽，我發現那不是髒話，我們的思想都太邪惡了。
基本上陳昇唱的那一句應該是「像犯了」，
我不知道為啥會聽成「他媽的」...

有兩個理由可以支持我的論點：
1. 從上一句歌詞「不必緊鎖著眉頭」，接下來如果先略去那三個具爭議的字，陳昇唱的是「什麼大不了的錯」，也就是說「像犯了」三個字不見了，中間被彭佳慧的「像犯了」隔開。但是彭之後接唱了「什麼大不了的錯」，因此彭應該不是接陳昇的詞唱，而且這首歌也不是男女對唱，而是各唱各的。所以陳昇的詞不應該有這樣奇怪的省略，他應該要唱「像犯了」。
這是以歌詞的連續性來看。
2. 我發現這邊陳昇的合音處理是兩個人先一來一往，最後再匯合起來。所以它的結構應該是這樣：
合：不必緊鎖著眉頭 -> 昇：像犯了 -> 慧：像犯了 -> 合：什麼大不了的錯
這樣聽起來，合音的技巧是很高超也很酷的。
只可惜昇哥的「像犯了」那三個字實在....太模糊了....（找藉口開脫中）
對了，我還發現當我用我的破音箱聽的時候，真的很像他媽的，
但是用耳機聽的話就很清楚應該是「像犯了」。
我有98%的把握那三個字不是髒話。
剩下的那2%，大概就是我猜想假如有人去問陳昇的話，

File Edit Layout Display PlayBack

沒想到用這個話題引起討論....

※Post by ioio from Libiu.m3.ntu.edu.tw

[作者] Aonghus (西風浪子) [看板] BobbyChen
[標題] Re: 沒人注意到嘛
[時間] Tue Jun 13 14:54:43 2000
ㄟ......,
還是聽不出來,
可能我聽力已經不行了吧!

※Post by Aonghus from iossun12.eq.ccu.edu.tw

[作者] ioio (解構) [看板] BobbyChen
[標題] Re: 沒人注意到嘛
[時間] Tue Jun 13 15:56:34 2000

好啦 好啦
奇怪 我的喇叭 和耳機也沒有說好到那麼誇張吧
竟然只有y聽的出來
就是"他媽的"阿

※Post by ioio from Libiu.m3.ntu.edu.tw
[作者] Ac (小 海 豚) [看板] BobbyChen
[標題] Re: 沒人注意到嘛
[時間] Wed Jun 14 23:35:57 2000

我終於聽出來了..

File Edit Layout Display PlayBack

你去聽馬上就聽到了...cc

※Post by yijia from ms8.hinet.net

[作者] reke (小滑鼠) [看板] BobbyChen
[標題] Re: 沒人注意到嘛
[時間] Tue Jun 13 01:53:25 2000

聽不出來，耳朵都快爛了...
是彭的聲音還是昇的?

※Post by reke from reke.dorm6.nccu.edu.tw

[作者] yijia (為什麼都忙不完？) [看板] BobbyChen
[標題] Re: 沒人注意到嘛
[時間] Tue Jun 13 03:14:20 2000

1:34 左右的地方
不必緊鎖著眉頭.......嗯...
我想那句話，彭小姐打死也唱不出來的

※Post by yijia from ms8.hinet.net

[作者] ioio (解構) [看板] BobbyChen
[標題] Re: 沒人注意到嘛
[時間] Tue Jun 13 03:38:28 2000
奇怪
明明很明顯阿

File Edit Layout Display PlayBack

新專輯第十首歌
喝完這杯咖啡就走開
1:34左右
有一句 歌詞沒寫到的話
ㄜ 是句髒話

因為 反覆聽
所以很無聊的發現...
※Post by ioio from Libiu.m3.ntu.edu.tw

[作者] Ac (小 海 豚) [看板] BobbyChen
[標題] Re: 沒人注意到嘛
[時間] Tue Jun 13 00:21:07 2000

有嘛? 你說說看

※Post by Ac from h100.s6.ts.hinet.net

[作者] yijia (為什麼都忙不完？) [看板] BobbyChen
[標題] Re: 沒人注意到嘛
[時間] Tue Jun 13 01:25:49 2000

很明顯喔！如果有人提示的話

File Edit Layout Display PlayBack

y: 不是賭氣啦!是~~~找尋自己的快樂!
ellessee: Welcome!
y: 嘿!!歡迎!
ellessee: hi
y: 我今天真的完了~~~~嗚~~~
sunrise: 好啦，別說了。
sunrise: 可是客人來了呢。
y: 是耶!所以說啦,我會等的.
y: 而且沒理由的話,他不會跟我說的.
ellessee: 什麼事情完了呀?(對不起打個岔)
sunrise: 嗯，我也等著吧。
y: 他有哥兒們.小楊比較孤寂.
y: 我爬不起來上課啦!嗚~~
y: sun明早morning call吧!
sunrise: SUMMER...什麼玩意兒...
y: 我爬不起來你要負責說!
sunrise: 我不管我再不管。
ellessee: 呵......吵起來了呀......
y: 去墾丁好棒!
sunrise: 要命的事回去跟老師說。

【誰唱了髒話】

[作者] ioio (解構) [看板] BobbyChen
[標題] 沒人注意到嘛
[時間] Tue Jun 13 00:15:29 2000

File Edit Layout Display PlayBack

y: 只剩我們了!
sunrise: 我想你應該對陳昇有點信心吧，他至少不會亂講話。
y: 我沒對他失去信心啊!
sunrise: 他說雖然第一次做節目
y: 我只是不習慣而已
sunrise: 要學習的地方還很多...
sunrise:（我從來沒聽陳昇這麼謙虛過）
y: 呵呵..是喔....在媒體上嘛!
sunrise: 還說希望以後做得更好。
y: 總要來點客套的.
sunrise: 我看到一點預告片，是沒有特別來賓的樣子耶。
sunrise: 所以也沒那麼誇張啦。
y: 嗯...我正在想辦法找同學到她家看!
sunrise: 陳昇還是會有自己的風格的。
y: 但願如此啊!
sunrise: 叫airial別那麼在意。
y: 不知道...反正airial那個樣子,已經快崩潰了.
sunrise: 那是自己跟自己過意不去喔。
y: 這事越說越不清...
sunrise: 世界不會因此而改變，陳昇也不會因此就不主持了。
sunrise: 我還是要強調..
y: 我就是清楚這點,所以我沒打算怎樣啊!
sunrise: 沒有人有理由要別人照著他的意思去生活嘛。
y: 所以我不爽的話我就離開啊!沒要他怎樣的.
y: 他一切都可以繼續.
sunrise: 嗯，但也別動不動就說離開，怪怪的。
y: 呵呵~~~要我離開很困難的說!
sunrise: 好像在賭氣似的。

File Edit Layout Display PlayBack

sunrise: 拿出來現後才發現一件事。
y: 恭喜陳志昇先生完成此壯舉...
sunrise: 名字是自己填的。
y: 人家靜德大哥游不到一小時,比昇哥快說!
sunrise: 可以英文的那邊因為看不懂，所以忘了填名字。
sunrise: 所以我說靜德可能是阿德啦。
y: 呵呵!是啊!我第一次看到時沒名字,後來去就發現多了"陳志昇"三個字!
sunrise: 所以好笑吧。
y: 這樣很好啊!跟緋聞不一樣.
sunrise: 你沒看到陳昇那付很納悶的樣子。
sunrise: 怎麼會忘了填?
sunrise: 當然節目裡還有唱歌。
y: 喔?唱啥?有樂器嗎?
sunrise: 恨情歌都在還不能唱嗎?
march: 可是如果以後來賓是別人...那配起來會不會?
sunrise: 陳昇還特地要王識賢唱那首豬屠口的春天。
y: 好棒! 小楊大哥的吉他...
sunrise: 陳昇說，唱那首楊老師寫的歌好了，每次聽到這首歌，都覺得動容。
march: 嘿...我要走了..
march: 掰掰
ASS: 掰囉~~~~Y
march: Goodbye!
sunrise: 可見陳昇是欣賞小楊做的歌的。
ASS: 我也要先睡了~~~~~~~~~~~~
ASS: 有點撐不住了:q
ASS: 掰囉~~~~各位~~~~~
y: 掰掰!
ASS: Goodbye!

File Edit Layout Display PlayBack

y: 等寫完再拿給他看,他答應就出,不答應就扔了.
sunrise: y，那就寫吧，至少我排第一個觀眾。
y: 呵呵!謝
march: 我也要
y: 好像明天就要出似的...:)
sunrise: 至少不會有很大的壓力。
y: 嗯...本來就不是寫給他本人看的呀!
sunrise: 我想，或許在做一些事的時候...
ASS: 正聽著這首歌.....無言
sunrise: 可以先不去管有什麼對象的問題，
sunrise: 就是為自己做的就好了。
y: 嗯!為自己做.
sunrise: 那會不會比較單純些?
ASS: 為喜歡陳昇的人做吧!
y: 所以主持節目是為自己做??
sunrise: 管他聊什麼。
y: 莫明其妙.
sunrise: 打屁也行。
sunrise: 至少我看得很開心。
sunrise: 所以我才看。
y: 喔...開心啊...
sunrise: 真的啊，看得很開心。
sunrise: 尤其是陳昇拿出那張泳渡日月潭的證書出來的時候。
y: 那好吧! 那種節目若是別人主持,你還看不看? 我不會看.
sunrise: 還一付很自豪的樣子。
y: 那張我在新樂園看過啦!寫的字好好笑.
sunrise: 然後取笑駒駒說他游了兩個多小時。
y: 什麼憑著無比的信心.毅力......

File Edit Layout Display PlayBack

march: 不然?
sunrise: 否則就不會有那麼多人不快樂了。
y: 為何說一開始就別寫?
sunrise: 活著不管如何，總是要想辦法快樂的。
march: 快樂不快樂都是自己的事
y: 對呀!我最近就不大快樂.
sunrise: 喔，因為那就有了負擔。
sunrise: 一旦你要對別人負太多責任，就會有不快樂的時候了。
sunrise: 不是說不好。
y: 有時候責任是必須的.
sunrise: 就是多了限制，不能自由地飛。
sunrise: 那總像是矛盾的。
sunrise: 好像關於男人這首歌。
y: 我若要寫,不會有太大負擔的.
sunrise: 那你又要猶豫要不要寫
y: 管他人家怎麼看陳昇.
sunrise: 猶豫時就不快樂了。
y: 我不是猶豫啊!是沒機會啊!
sunrise: 對啊，陳昇自己大概是最不管的。
y: 沒機會像跟小楊那樣跟他坐在海邊.
sunrise: 我不管我再不管，管別人怎麼去說。
y: 反正我用我自己看他的方式去寫就對了!
sunrise: 所以你會不會覺得，當你認為一個人去做某些事很怪的時候...
y: 其實我知道陳昇一定拒絕別人幫他寫傳記.
march: 我想也是
march: 他自己寫不寫都難說了
sunrise: 那就變成怎麼樣的一種不單純的關係了?
y: 所以我只能偷偷的寫,不要讓他知道...

File Edit Layout Display PlayBack

y: 有時後環境讓人很無耐.靜德大哥跟我說的.
sunrise: 你活著不是為了別人的期待而活著。
sunrise: 很輕鬆就好。
y: 所以陳昇做什麼都是對的?
sunrise: 對他來說是吧。
sunrise: 也許他是真的想在四十歲的時候來點新鮮的玩吧。
sunrise: 人到了四十歲的時候，也可以有夢想的
y: 我還是會繼續覺得感覺不對...
sunrise: 或許這樣才比較有生活的樂趣。
y: 卻繼續看他要做啥.
sunrise: 很多人到了中年，
y: 我不相信陳昇的樂趣要從這些事上去找.
sunrise: 就只有開始收拾他的人生了。
sunrise: 沒有什麼是絕對的吧。
sunrise: 看你從什麼角度去看它。
sunrise: 或許你覺得怪，別忘了陳昇一開始就是別人眼裡的怪的。
ASS: 會不會負負得正?
y: 反正我高興就跟著他,不高興就離開他.也沒啥大不了的.
sunrise: 只是現在你也覺得怪了吧。
sunrise: 是啊，那你還寫不寫傳記啊?
y: 我不知道.
sunrise: 最好一開始就別寫，我是這樣覺得。
y: 寫小楊的吧!高興就好.
march: 對啊...高興就好最重要
sunrise: 話可別隨便說，說高興就好這幾個字是容易的。
ASS: 舒服就好
sunrise: 可以做到可不容易。
y: 我還是會寫的.寫給我自己吧!

File Edit Layout Display PlayBack

sunrise: 王還說為什麼不是陳昇去碰到，偏是他碰到
march: 到底是什麼事?
y: 哇咧~~這是啥推卸責任的方式啊!
sunrise: 陳昇說他們大伙都嘛有碰過，只是都沒說。
y: 呵..有理!
sunrise: y, 你不用反應那麼激烈嘛。
y: 沒有啊!我只是覺得感覺不對.
sunrise: 我想就是在閒聊。
y: 有人比我嚴重喔!
y: airial都快瘋了說!
y: 陳昇有更多有益的事聊嘛!
sunrise: 任何事都別放得太在意。
sunrise: 每個人從早到晚都得做一些別人認為有益的事啊/
sunrise: 那有多累?
sunrise: 我想我們不好對他要求什麼。
y: 隨便囉!那他如果認為那樣有益,我也沒話說啦!
sunrise: 大家都很平凡。
sunrise: 為什麼任何事都要有益呢?
sunrise: 我倒覺得常常做些沒意義的事也很好啊。
sunrise: 就是一般人啊。
y: 好吧!我也沒要怎樣啦!只是我自己覺得不對而已.
sunrise: 做偉人大概沒什麼生活樂趣囉。
y: 我當然不會去跟他說,別主持節目啦!
sunrise: 所以我是想，陳昇會懂得要做什麼的。
y: 我當然還是會去看的.
ASS: 跟我一樣
sunrise: 沒有人可以強迫他去做不想做的事吧。
sunrise: 我覺得這樣很好。

File Edit Layout Display PlayBack

※ 我愛發呆，我來自 dc82.tccm.edu.tw ※ ......愛發呆的 yamato

【1996/11/4凌晨在BBS的聊天室】

sunrise: 本來我是想談談陳昇主持節目的感想的.
y: sun,你覺得好嗎?
sunrise: 每個人的看法都不同吧.
march: 我有看..可是我覺得跟那個誰搭怪怪的...
y: 這種議題,無聊些了吧!陳昇去拿人家誹聞大做文章...
sunrise: 奇怪的組合嘛.
y: 總覺得不對..雖然我沒看.
sunrise: 那是製作單位安排的,其是也是製造點效果,不像有什麼尖銳的話.
y: 不是那個問題呀!昇哥沒有選擇權嗎?
sunrise: 倒是談了一些王識賢從小得過的獎
march: 作節目..我覺得話題是很難選的...
y: 還是沒概念那是什麼樣的節目.
march: 我也是...雖然看了..
y: 綜藝節目?
y: 我寧可陳昇一個人坐在那講就行了.
sunrise: 我想那些沒有很嚴重啦。
sunrise: 就是隨便聊啊。
y: 或者跟某人一對一聊也行.
y: 人一多陳昇就開始耍寶了.
march: 那樣好像感覺比較對
y: 對呀!

File Edit Layout Display PlayBack

當我們去選擇了這樣的社會生活,就應該為他付出些什麼.
陳昇可以在音樂上自由,但是回到現實世界他還是要為人夫,為人父.
他決定不再一個人,那麼他就有了他的責任,
即使他有時想要拋開一切,逃離了還是會在該回來的時候回來.
我想我們該羨慕的是他能把所愛的音樂變成工作,
他會有很多的時候都是愉快的.
喜歡自由是人類的天性,但是太過於訴諸自由便會讓自己很苦,
在舞台上的陳昇是自由的,那舞台下呢?
我不知道.
或許陳昇也有他自己的憂慮.
所以我們還是去調適我們我們的心情,這會比較舒服.
只是每聽一場演唱會就要調適一次...

※ 我愛發呆，我來自 140.112.217.14 ※ ......愛發呆的 snokgun

[作者] yamato@yuen.dormb.nccu (鰥寡孤獨廢疾者), 信區: BobbyChen
[標題] Re: to holden
[時間] 發呆天地逼逼ㄟ矢 (Tue Sep 10 23:12:45 1996)

也許,我們的生活中太重視"定義","意義"一類的問題了吧...
多少哲學家,智者試圖找出一套這一類的東西詮釋人及其生活,可是
有誰成功過?
也不一定要時時的搞清楚自己在幹啥,在生命中怎樣的位置上,
那太累了.
難得胡塗..:) 也就是昇哥說的"舒服,就很迷人"
人,追求到最後,為的大概也是舒服二字吧..:)

File Edit Layout Display PlayBack

[作者] solem@yuen.dormb.nccu (墜羽.時間.刻痕.印象..), 信區: BobbyChen
[標題] Re: to holden
[時間] 發呆天地逼逼ㄟ矢（ Wed Sep 4 00:02:24 1996）

==> 在 holden@yuen.dormb.nccu () 的文章中提到:
揚棄了自己，也就不用再去找自己存在的意義了。
你以為呢？
我想我該說清楚些...人們揚棄了人類....這個人類指的不是自己...
你可以說那是你看不慣的一些關於人的一切事物....
你可以從海豚阿德這首歌去感受一下.....
再者...如你說的...不用再去找自己存在的意義...那意味著什麼?
看了挪威的森林...裡面某個角色說了一句話..讓我迴響不已....
他說...這個世界....理想,是不須要的...須要的是一些生活規範...
不好意思...說了這些沉悶佔版面的話....

cheers !! for the god damn life !!

※ 我愛發呆，我來自 140.115.45.208 ※ ......愛發呆的 solem

[作者] snokgun@yuen.dormb.nccu (屋頂上的伸縮喇叭), 信區: BobbyChen
[標題] Re: to holden
[時間] 發呆天地逼逼ㄟ矢（ Wed Sep 4 16:23:13 1996）

holden兄說得很好,我想

File Edit Layout Display PlayBack

所有的一切，都是定義的問題吧！我想....
常常很痛恨一些專家學者，他們總是喜歡教人如何生活；
彷彿日子只要不這樣過，就不是正確的了... 其實，日子不
就是這樣....高興，那就夠了！
搶銀行犯法，家破人亡，天理難容；但，不搶銀行的日子
又是如何？腦筋清楚，知道自己正在作什麼才是重要的吧.....

※ 我愛發呆，我來自 maddux.EE.NCTU.edu.tw ※ ......愛發呆的 cie
[作者] holden@yuen.dormb.nccu (), 信區: BobbyChen
[標題] Re: to holden
[時間] 發呆天地逼逼乀矢（ Tue Sep 3 22:14:14 1996)

==> 在 solem@yuen.dormb.nccu (尋找人間最後的信仰..) 的文章中提到:
做自己是人生中最重要的一件事，陳昇如此做，我們當然也可以。
不知道耶....總覺得既然是自由....就不該是在範圍內....
圍內的自由....是人的產物...不是最初的自由....
在這個時代裡...渴望原始最初的自由...會被當成禽獸看待....
矛盾的是....同時人們或多或少渴望這樣的自由....
曾經這樣想過，是不是可以就照自己的方法生活，不用去管別人？
不過，好像這樣就會妨害了別人的自由了，因為別人當然也有權利拒絕你的做法。
這就不是什麼原始不原始的問題了，社會生活，大家的自由就是彼此尊重。
好像也只有這樣，才會有最大的自由。
有個突發的問題....當人們揚棄了人類...又該歸向何處？
揚棄了自己，也就不用再去找自己存在的意義了。
你以為呢？
從陳昇居然可以談到這麼深入的問題，也真有我們的。

※ 我愛發呆，我來自 168.95.29.214 ※ ......愛發呆的 holden

File Edit Layout Display PlayBack

從陳昇的聲音告訴我們一件事----
人如果不能隨興　還不如不要被人發現自己的存在
徐江屏 （ holden wang ）E-mails address: 8403128@acc.kscgeb.edu.tw
　　　你也可以叫我王大山

※ 我愛發呆，我來自 168.95.29.214 ※　......愛發呆的 holden
[作者] solem@yuen.dormb.nccu (尋找人間最後的信仰..), 信區: BobbyChen
[標題] Re: to holden
[時間] 發呆天地逼逼ㄟ矢（ Mon Sep 2 17:22:44 1996）

不知道耶……總覺得既然是自由....就不該是在範圍內……
範圍內的自由....是人的產物...不是最初的自由....
在這個時代裡……渴望原始最初的自由...會被當成禽獸看待....
矛盾的是……同時人們或多或少渴望這樣的自由....
像陳昇裡的海豚阿德……
有個突發的問題……當人們揚棄了人類...又該歸向何處?
我該吃藥了……哈哈哈……
cheers !! for the god damn life !!

※ 我愛發呆，我來自 140.115.45.208 ※　......愛發呆的 solem
[作者] cie@yuen.dormb.nccu (嘉嘉), 信區: BobbyChen
[標題] Re: to holden
[時間] 發呆天地逼逼ㄟ矢（ Tue Sep 3 15:04:43 1996）

附錄：BBS討論集錦

File Edit Layout Display PlayBack

【關於隨興】

[作者] solem@yuen.dormb.nccu (尋找人間最後的信仰..), 信區: BobbyChen
[標題] to holden
[時間] 發呆天地逼逼ㄟ矢（ Sun Sep 1 11:08:20 1996)

你說……人如果不能隨興…還不如不要被人發現自己的存在…
我喜歡這句話……
但我也想說……人如果過份隨性...那他有天可能會寧願自己不要存在...
或許這要看什麼樣的人...對什麼樣的事....什麼樣的程度算是過份隨性....
怎麼覺得自己像在說廢話……
我想最主要的……是看人吧……
比如說像孔子……他要隨興的話……還是能不逾矩……簡直跟神一樣……
太扯了……陳昇板裡還能看到孔子這個人……哈哈哈哈……
cheers !! for the god damn life !!

※ 我愛發呆，我來自 140.115.45.208 ※ ......愛發呆的 solem
[作者] holden@yuen.dormb.nccu (), 信區: BobbyChen
[標題] Re: to holden
[時間] 發呆天地逼逼ㄟ矢（ Sun Sep 1 23:30:56 1996)

在這看到孔子，其實我一點也不會感到驚訝，就像從陳昇的口中，
根本是不太可能去預想會冒出什麼樣的話來。
所謂的隨興，當然是在一定範圍內的，就像所謂的自由，很喜歡田啟元（臨界點
劇象錄的導演，前兩天才死去）所說的：只要我喜歡，有什
麼不可以這句話是錯的，應該改成「只要我喜歡，可不可以」。
　陳昇的隨興如果發生在他的音樂創作中，這是非常讓人期待的，如果
發生在你我的生活空間中，就看可能會有什麼樣的事情會發生。
做自己是人生中最重要的一件事，陳昇如此做，我們當然也可以。

LOCUS

LOCUS

LOCUS

LOCUS